CHONGQING ZHOUBIAN ZIJIAYOU

重庆周边
自驾游

刘全盛 著

重庆大学出版社

图书在版编目(CIP)数据

重庆周边自驾游/刘全盛著.—重庆：重庆大学出版社，2010.1

ISBN 978-7-5624-5162-4

Ⅰ.重… Ⅱ.刘… Ⅲ.旅游指南—重庆市 Ⅳ.K928.971.9

中国版本图书馆CIP数据核字（2009）第197337号

重庆周边自驾游

刘全盛 著

图片助理：吴卫平 谢 明 段 波 罗雪梅

策划：重庆日报报业集团图书出版有限责任公司

责任编辑：喻为民 书籍设计：周 娟 谢 晓

责任校对：夏 宇 责任印制：张 策

*

重庆大学出版社出版发行

出版人：张鸽盛

社址：重庆市沙坪坝正街174号重庆大学（A区）内

邮编：400030

电话：(023) 65102378 65105781

传真：(023) 65103686 65105565

网址：http://www.cqup.com.cn

邮箱：fxk@cqup.com.cn（营销中心）

全国新华书店经销

重庆华林天美印务有限公司印刷

*

开本：787×1092 1/16 印张：7 字数：107千

2010年1月第1版 2010年1月第1次印刷

ISBN 978-7-5624-5162-4 定价：19.80元

作者的话

吃饱了，有车了，大家都喊更“累”了。于是休闲旅游就像减肥药一样流行，我写这本休闲书，希望能给重庆的父老乡亲提供另一个选择。

“休闲”，其实就是消磨时间。8小时之内，时间被别人消磨，8小时之外，自我消磨；而走出户外，不失为一种积极的自我消磨方式。这显然已经是城里人的共识，一到大小假期，旅游景点人满为患就是明证。于是大家“休闲”得也很累。针对这种情况，我写的30来个地方，全部是“非著名景点”，甚至有的算不上景点，追求的是“别人不知道”。

30个地方，以主城半径200公里内的自然风景为主，讲求要也适度。搞得月满花满酒满，必然天远地远人远，考虑在钞票和体力上真正“休闲”，一些地方就没写进来。比如城口的任河源头，有的水湾不亚于喀纳斯的月亮湾，但只能越野车进去；比如神女峰徒步线路、石柱的油草河、贵州黄连乡等等，周末两天出游略见仓促；比如涪陵小沟、自怀走四面山等等，由于要徒步穿越，有车反是累赘；比如桐梓水银河，去的人太多，已经比较“著名”；另外还有的地区公路过路费明显偏贵，这些都不作介绍。好在一年只有52个周末，除开上司二婚、甲方死爹这些应酬，30个非著名景点足够你转悠一年。于是按四季将这些地方略作归类。

风景本无围墙，后来投资者看上了，于是修个围墙拦起，比如现在正在开发的南川岭坝的神龙峡。而多数风景仍然是没有围墙的，这些风景就重庆而言，不是30个，300个，而是3 000个，眼光越过围墙，你会处处有发现。窃以为，风景好坏，纯是主观，知己在侧，荒山即是仙境，良友相伴，野水也成瑶池。

当然，没有围墙的风景意味着没有清洁工，公园里不乱扔垃圾是对清洁工人的尊重，旷野中不乱扔，才是对自然的尊重。带走垃圾，包括带走别人的垃圾，会是一种很愉悦的体验。

最近一次我上虎峰山，转悠到“乡居”木楼前，木楼旁边多了户人家，见了我“请香茶请上座”，原来他们是2009年春天跟我来过虎峰山的邓氏夫妇，得到木楼主人同意，已经在旁边的农家小院“定居”了。这半年来，他们除了来虎峰山，再没去其他地方。从逛风景走马观花，到一个地方住帐篷，再到双休日“定居”山林，雇佣工人种花、养鱼，休闲得深入，越发像个农民。喝送检后大肠杆菌为零的山泉，吃自家的鱼自家的果，不同于农居的是旁边有化粪池，还上网炒股。

好了，吆喝几声卖瓜，说点重要的：

这本书图片全部来自圈子群聊的网友无偿提供，他们是樊强、轻松、李让三先、十二屋、白丁、柴哥、星光、几点、恋风、素面、小鱼、陈陈、彩虹妹、风雨同舟、三只眼、桃园等人。读者对线路有不了解之处，可在“重庆大家论坛”或者“大渝网旅游吧”与我（棒棒）交流，有QQ的加群62242556也可以。

刘全盛

目 录

春

2/青草坡

5/但渡龙溪河

9/构溪河

13/虎峰山

19/黎香湖

23/三秀油菜

25/三江水库

29/诗瓜村

夏

32/石笋山

35/钓鱼台

39/胜天湖

42/黑山

44/梦幻谷

50/丁山湖

53/棺材凼、南山夜景

55/中山镇

秋

58/大寨湖
60/风吹岭
66/山王坪
70/海子湖
72/古剑山
74/涞滩
76/百里竹海
80/孔雀谷 金刚碑

冬

84/华蓥山高登寺
89/大洪湖
91/铁山坪
94/龙兴镇
99/路孔
101/和平
104/五宝

春 chun

春天花开了脚痒了，旅游广告多了。看花看草看新叶，其实重庆主城很多公路边就很好看，但很多地方真正"一树梨花一放翁"，花有多少，人就有多少。这里提供的几个地方，花开得比较寂寞，人走出点微汗。

青草坡

青草坡到双碑，一半的路是松林山坡茅草溪流，走起来脚板唱歌。其中有个山头岩石高过树林，孺妇皆可攀爬，有惊无险，出点汗水，一览周边。

特点：

主城边上，适合一日或半日偷闲。我们身边的歌乐山，有个地方不但有野鸡，还有野鸭。而更加吸引人的是那里的野油菜、粉蒸肉。

走凌云水库青草坡，徒步、开车皆可，各有各的魅力。

线路：

徒步线路：早上从烈士墓索道站前爬新修的“人生步道”，大约1 800梯。步道顶端也是索道的终点、森林公园的后门。现在每天爬这个步道的人很多，绝大多数爬上去然后原路返回，少数买张公园门票继续游览，极少数、个别人到了大门右转（经过索道站），沿着一条小路绕到公园前门，这条小路越走越宽，有车道，有疗养院，有泉水泡茶，而且林木高大丰茂，步履惬意。

到公园大门然后沿公路走三百梯方向，大约100米有个左转的公路，这条公路车很少，走大约2公里可以看见“凌云挂面”的指路牌，这里右转也是小公路，大约走300米，经过挂面厂就到水库。水库边是一个私人办的小养老院，旁边有石板路到水库边。水库尽头下坡，就到青草坡，在这里吃午饭后，可以继续下山，到双碑。

自驾线路：青草坡和歌乐山是个环线，车可以直接从双碑左转，跨过铁轨到青草坡农家乐，也可以从烈士墓上三百梯，过了两个拦大车的石墩后，第一个路口右转，直接开到凌云水库。江北上内环到水库不到30公里，离午饭时间还早，水库到青草坡农家乐的大约200米石头坡道值得游玩。

这200米石头坡道是步行小路，所以车上歌乐山停凌云水库，车走双碑，停青草坡农家乐。

关键词：

凌云水库

三百梯到凌云水库，不少农民在院子门前堆放有少许各种蔬菜，价格和超市不相上下，但都是地里才摘的，说妥了自己摘也可以。另外凌云挂面也是厂家直销，不太浑汤，质量可比五宝挂面、塔山（寸滩）挂面。

这个水库由于知道的人少，所以有野鸭子，偶尔它们还欢鸣几声，声音如鸟，尾巴下垂，绝不是家鸭。水库时有钓友野钓，多为鲫鱼。

水库大坝两端为松树，末端连着藕田，夏日接天莲叶。大坝下是平整的田垄，多为茅草和浅草，适合露营。茅草边有养老院人家种的蔬菜，一条石板路下山，就是双碑的青草坡。

这里冬天有野油菜，形态如小白菜，比小白菜略小，叶子有齿如油菜，这可能是最好吃的野菜，比小白菜少筋，比豌豆尖柔和且无任何异味，可以炒可以煮汤或下凌云挂面。网友们往往第一次采了只带一点回去尝尝，而第二次去，也不照相也不摘花，全部埋头摘野菜。

春节过后，野油菜开花，和油菜花一模一样，在商业化的一些油菜节还没开花时，这里的野油菜已经成片，路边还有星星点点的野生迎春花，适合照相，提前感受春天。这坡野菜、野花、野草夹杂少许菜田的路上，有一处红砖墙，墙下荆棘中有窝野鸡，偶尔惊飞起来白羽花尾，很是好看。凌云水库老年公寓电话：65506670。

青草坡

石板路走到青草坡，正是午饭时间。这里农家乐密集，都是100元一桌，而且都是一笼粉蒸肉、一份水煮鱼、一盘口水鸡、一盘折耳根和其他几个菜。由于每天菜品不变，更加“专业化”，味道巴适，分量满意，标准每人10块钱吃个肠肥脑满，抹嘴后见谁都友善。其中一家叫“曾真乐”，电话65155298，一家叫“泉水山庄”，电话65162175。

饭后玩杀人打扑克麻将，或者沿青草坡下山。青草坡到双碑，一半的路是松林山坡茅草溪流，走起来脚板唱歌。其中有个山头岩石高过树林，妇孺皆可攀爬，有惊无险，出点汗水，一览周边。后半截路是城乡结合部，和所有城乡结合部一样，不值得留足。

云锦宾馆

歌乐山人生步道尽头是公园收费大门，旁边索道站紧挨着是云锦宾馆。这个小宾馆独占一峰，躺在房间床上，脚丫间可见沙区灯光。宾馆在公园内，无步道之前，无人看守，可以爬山上来再游玩公园后，出大门时候自己主动提出补票。现在仍有小路可以到宾馆，喝茶之后，过专门的吊桥后主动补门票。

但渡龙溪河

河滩露营烧烤，傍晚河里的螃蟹会主动爬上来，弯腰捡起来，放在烧烤架上，洒盐、放孜然……

特点：

道路好，环境舒适，车可以开到河边。当地柚子出名好吃，农家会拿出获奖证书，自夸赛过梁平。香樟林中折耳根密度高，纯天然。可以钓野鱼、“捡”螃蟹、游泳、划船、支帐篷、拉吊床……

这里最傲人的是香樟林和折耳根。香樟树的年代超过铜锣峡的“樟林忘返”。树林一边是龙溪河，一边林中是电厂废弃的很多职工住宅，是林中一个无人的村落，且有公共厕所。

线路：

渝涪路直走进长寿，右手往涪陵飞驰5公里，第一个路口就是长寿的但渡。车出收费站，立即掉头从两个收费亭中间的公路穿出，走得10公里左右，中途穿过一个老街，就是但渡的龙溪河。值得注意的是，经过老街快到龙溪河的时候，有个岔路容易走错。这个路口有农民房屋、农家小卖部，直走是去其他地方，左边下坡的岔路是去龙溪河的路。

左边分路后，不久公路有桥跨过龙溪河（这是第二个桥，比较大的桥），车到近前不过桥，左转顺龙溪河走是电厂的水泥路，路的两边是遮天蔽日的香樟林，车轮卷起落叶，行得百米有半个篮球场大小的水泥平坝，适合停车。这里左为电厂废弃的宿舍楼，右边是一个废弃的水池，池边有小路下到河滩。如果不走小路，前行50米也到河滩。

和重庆所有出城高速路一样，出城回城都可以在某站提前下道，去长寿在铁山坪的站口进出，节约过路费10元。

关键词：

香樟林

这是龙溪河上最好的一段，从香樟林的缝隙看出去，不见河滩的泥沙，只见青草成片，河对面的油菜花倒映在水中，绿树黄花景色斑斓。很多香樟树的间距正好适合拴吊床，在初夏或者初秋时候，吊床上小睡，很是惬意。

林中电厂大门有自来水，废弃的职工宿舍住着一家厚道的老年夫妇，用他们的水和灶都很欢迎。

河滩、堤坝

香樟林下是青草河滩，转悠一圈，会发现一个堤坝把龙溪河分成两部分。这个堤坝是利用天生的岩石再堆上石头而成，上面可以走车。它的泄水

口是在天然岩石上凿的口子，河水涌出，形成一个瀑布。瀑布下是个水潭，旁边是巨大的岩石，坐在岩石上钓深潭，可以钓到鲫鱼，也能钓到黄腊丁。堤坝下游左为电厂，右边半林半田，电厂树木特别茂盛，白鹭成群在上面筑巢，好似森森大树开满了白花，树林再前面是电厂的水坝，水坝和石头大坝两处水汇集，河面开阔，尤其是早上看这片水域，常常聚一层雾气，林木和水边灌木或隐或现。

石堤上游就是樟树林和青草河滩。这段河滩长约200米宽约50米，从树林里缓缓而下，是露营野餐的上佳地方。龙溪河多数时候比较清澈，夏季有些水域会有一些水藻，这里游泳划船可以，但饮用是不成的。

河边饮食

河滩上野餐固然好，其实，周边的农民也很好客。石堤过去坡上有户农家可以接待几桌客人，有小型农家乐规模。不上坡沿着河向下走，有户梅姓人家，也可以在家中接待。两家收费都是成本加点劳力，很实惠，坡上可以杀鸡，河边梅家有河里的鱼招待，都很不错。近年梅家愈发乐意游人打搅，开始了每人10块或者15块一顿的经营（电话13212379177）。如果讲究一点，要坐有转盘的圆桌，可以回头开车离老街不远有个上规模做有景观的农家乐，价格也比较公道。

五宝新村

螃蟹、折耳根

青草滩和樟树林交融处的折耳根，只要蹲下去，不移动脚步，你踩到的不算，足够摘上一盘菜。这里折耳根没有人摘，元旦一过，从地里冒出来的密密麻麻、星星点点的春天的火苗；到了夏季，它们会开花，有的地面上就有一尺长！ 河滩露营烧烤，傍晚河里的螃蟹会主动爬上来，弯腰捡起来，放在烧烤架上，洒盐、放孜然……

农民新村

铁山坪上道，过复盛后过一个洞子，洞子出来就是桥，旁边有路口下道。出站就是江北五宝的农民新村，御临河对岸是渝北的排花洞景点。农民新村既像别墅又像阔气农家，规划建设成了规模，别有趣味。其中有个“逸龙客栈”，数年前高速路这里没开口的时候，吃住3顿30块，环境卫生干净，如今也是个可以下道转悠，或者吃饭的地方。五宝多年前就村村通公路，年年搞年猪节，另行专门介绍。

晏家

根据自己时间，也可以路上在晏下道，收费站不远处有鱼庄，吃的人比较多。吃完上道不耽误什么时间。晏家下道可以走八棵镇到大洪湖，另行介绍。

构溪河

两岸烟柳飘摇，斜竹掩户；田间犬吠坎上，蜂忙花前；溪边春姑浣衣，牛闲草间；水中红掌青波，孤舟双影。真是船行碧波上，画映翠镜中。

特点：

阆中是本书介绍唯一离重庆200公里以上的地方，但渝武路通车后，半天内可以到达，道路好，人文和自然风景丰富，特别说一说其中的构溪河。

作为中国四大古城之一的阆中，郊外有个湿地叫构溪河，目前为保护区，没有进行商业开发，纯天然画卷，是各种水鸟的天堂，自驾者休闲发呆的上佳之处。尤其是油菜花开的时候，水中、岸上绿绿黄黄，清爽中不失斑斓。

线路：

可以走合川武胜高速到南充、西充、阆中，时间宽裕游览阆中后可去剑门关。阆中回渝可走广安小平故里、华蓥山，渝邻高速回来。另外，回来仍走武胜，武胜沿口古镇、合川涞滩古镇都不错。

重庆到阆中，渝武路过去，里程刚好300公里，过路费单边143元。上渝武高速——南充——阆中七里坝——河溪渡口过船（车渡）。

到了构溪河边有两个选择：

1．高坎下车坐船游河至妙高，然后回头到女儿山营地。

2．扶农下车坐渡船过河，徒步至女儿山营地（约20分钟），然后再游河、垂钓等等。

另外，成都到阆中：里程约330公里，过路费单边约100元，线路是成南高速——南充——阆中七里——后与上相同。

进入阆中后，很多阆中人也不知道构溪河所在，可以车直接开到嘉陵江边新建的仿古一条街，这里大路沿江而上，问高坎、抚农即可。

构溪河农家乐电话：0817-6207636 13388235405 13350664826 柳林农家乐

船家电话：13219149312 何师傅

关键词：

大院小吃

阆中自古“阆苑仙境”、“嘉陵第一江山”等美称，古城景观不少，华光楼、张飞庙、贡院、巴巴寺等等都很著名，且民居大院很多，保护完好，可以住宿。阆中是“古城”而不是“古镇”，民居与景点混杂，这些保护完好的民居本身也是风景。尤其是很多民居大院，在旅游淡季进去，坐下来喝杯茶，听天井的八哥偶尔学三两声人语，感觉地主家的日子真好过。

华光楼

张飞庙

阆中吃的也不少，牛肉凉面、回族卤菜、保宁醋、华珍牛肉等等，重庆吃小面的钱这里可以吃牛肉面。还有特色醋吧……一切都很便宜，总之是一个值得住下来慢慢品的地方，如果第一次去，可以逛那些景点，如果再去，可以依自己的爱好，有选择的深度玩一两个地方，其中嘉陵江边看夜景，就是帐篷族的一个不错选择。

嘉陵江夜景

阆中江边新建了一条旅游街，新街一边连着很多老街，一边是嘉陵江。靠江的新街全是统一规划的门面，门面前面接街后面临江，临江这边还有露天茶座，夜晚来临可以请民歌表演队、皮影戏进行表演。

这些茶馆兼酒吧消费比较低廉，四五块钱要瓶啤酒或者清茶，可以坐下来慢慢看嘉陵江。江对面青山上有一些灯火，红的蓝的勾勒出几点亭台楼阁，更多的是飞白。有点像长江大桥北桥头石板坡那几处灯光，稀疏得恰到好处。

阆中人休息早，一般10点以后，游客们、居民们都回房睡觉，几百米露天长栏就只有几个重庆人，茶馆有水有厕所，说上两句好话，可以在茶馆内外搭帐篷，别有滋味（唯一尴尬是阆中居民睡得早起得也早，早上江边不少人锻炼身体，（在帐篷里无法睡懒觉）。

构溪河

河上有船只，可以坐船游览后，到河对岸女儿山露营。其实，构溪河河边适合露营的地方非常多，可自由选择。

构溪河很平缓，沿上游行船，左边多为青山和碧草河滩，间杂几间农舍几块农田，右边也是浅草河滩、灌木、柳树，沿河有几个村镇。整个构溪河只见保护不见开发，野鸳鸯野鸭子白鹭鸥子不断入眼，更多的是叫不出名的水鸟，如果是春天开油菜花的季节，这里更是美极了。

三月的构溪河碧水静流。若非白鹤戏水，群鸭探春泛起的涟漪，几乎感觉不到她的运动。从高坎上船，到庙高打尖，山，由浓绿到浅灰渐远渐淡，如水墨泼洒；地，铺金辉夹青绿没入山后，像彩云巧绣。两岸烟柳飘摇，斜竹掩户；田间犬吠坎上，蜂忙花前；溪边春姑浣衣，牛闲草间；水中红掌青波，孤舟双影。真是船行碧波上，画映翠镜中。

女儿山是河水、青草河滩、杨柳、青山次第推进的一块典型露营地，不远处有两户农家，可以提供鸡鸭、小菜、篝火的木材，还可以从几百米外拉来电线点上电灯。这里露营草滩上，柳树挂吊床，河边钓鱼，舒坦惬意。构溪河的好，也许图片更能说明问题，这里不再赘述。

虎峰山

其实，虎峰山水库最大魅力是闹市旁边深山的寂静，是你走到这里，对自己的发现的满足，这种感觉在九寨沟是找不到的。

特点：

江北人和上内环，到虎峰山水库前森林中停车，刚好50公里。可以驻足的主要是桃花、水库、虎峰和“乡居”木屋。虎峰一肩挑起大学城和璧山城，在山与城之间，也许多数人更喜欢骑墙的状态，不远不近的虎峰山，正好满足这种需要。

线路：

外环上渝遂路，西永（大学城）下道，无过路费。气派的大学城公路四通八达，很容易走迷糊。但你只要记个大致方向，十路通曾家，或者停车问“曾家镇在哪里”，车外的人都知道。穿过曾家问“莲花湖”，也可以不问，因为莲花湖度假村的指路牌有不少，高速没通到西永前，一般走白市驿到莲花湖。

这一带是沙区辖区，多一脚油门就是九龙坡、璧山。

一路平坦飞驰，左边一个支路是莲花湖大门，里面有个湖和巨大的观世音坐像，游乐设施齐全，经营者待人热情，即使没有任何消费，也可以喝到热水。适合单位春游。

暂时不进莲花湖，过大门不转弯继续前行，百米之内，紧靠莲花湖第一个路口左转，走几十米水泥路，然后就在机耕道上颠簸。如果你还找不到路，问路上行人“虎峰山养老院在哪里”，机耕道走一二百米就到养老院。养老院前右边的路过石桥，左手路经过养老院大门上山。

走左边的路二挡爬坡，右边坡上是满坡的梨花，这条上山路有几个岔路，一直靠右上山，转过梨花坡就是桃林。桃林边右有岔路几十米通桃林主人的家，车可以停在岔路上，看够桃花继续上山。

看完桃花，继续二挡爬山，大概走一公里路，右边有上坡岔路进密林中，如果你找不到这个岔路，继续上坡大概百米，有一个小村落，一般上山的车都停这里，停好后问农家“水库在哪里”也成。

如果车进上坡的密林，这条路大概只有10多米就没车路了。停车后走小路转过山弯，就是虎峰山水库。

关键词：

油桃

养老院前上完第一个坡就是桃林，这一条沟两面坡的桃花，色彩比其他桃花多一些血色少一些脂粉，这是油桃。它们比肩膀略高，如果是夏天，给主人家打个招呼，然后弯腰钻进林中，坐在地上既躲太阳，又伸手摘垂在耳边、鼻尖的油桃吃。吃够了，主人提供塑料袋，摘来称了带下山。

桃林路边有棵高大的梨树，一树白花鹤立粉红之中，使整个景观更加缤纷。

下湖

车停密林步行百米内的虎峰山水库，一般称为“下湖”。这个地属主城的山林水库，一些喜欢夸张的城里人常常在网上惊呼是“小九寨”，大概是看见静静的水下横陈些断木、树叶，玻璃一样的水，把这些寻常之物过滤、透射、折射、倒影出斑斓的神奇。窃以为，这固然是好水，但比九寨的水还是有差距，正如有的人叫小霸王，有的镇叫小上海，有的钢筋水泥叫花园，等等，等等等。其实，虎峰山水库最大魅力是闹市旁边深山的寂静，是你走到这里，对自己的发现的满足，这种感觉在九寨沟是找不到的。

林场办公室

虎峰山是林场，没有农家乐。但沿着水库堤坝右走，离开水边十多米，可以在林中找到被树木和土坡遮住的“虎峰山林场办公室”。所谓林场办公室，也是一户典型的农家结构的土房，和多数农家一样，有一个漂亮干净的院坝，院坝下有背包的驴友挖的土灶，驴友一般不打搅人家，借点水煮饭，然后在林中搭帐篷。林场办公室住有老两口，而多数时候只有王姓的老伯在，其实他欢迎打搅，尤其多去几次把他打搅习惯了，中午可以用他的柴火灶煮饭，人少时候一起吃他的，人多时候带菜上来。他姓王，电话是13452457673。

老伯典型的老农民外表，背后的真实身份是退休工人，多年前来承包了林场，过起了山居日子。他的老伴有时候住在城里，有时候上山。他养有鸡，制有茶，泡有酒，茶采自山中，味道粗糙，酒却很不错。你还可以说点好话，他起初不卖，经不住好话，可以卖只鸡和堂屋篮子里的蛋给你。一次有20来个城里人上山，他忙着带人上山砍防火道，把柴火生好，见陌生来客中有知青会烧火，索性把一个家交给外人："家里东西随便用，走的时候记到把门关了。"

上湖

从水库登虎峰山峰顶，路上会经过一个略小一点的水库。这个水库以前的水那才是"小九寨"，可惜几年前重庆那次暴雨水灾后，山体滑坡，可能由于泥沙中矿物含量重，尽管水色还是很好，但没了那种见底的清澈，也就没了直接弯腰喝水库的水的乐趣。好在水库上方有口井还在，井边供养了个菩萨，登山到这里口渴拜一拜，捧起就喝。更多的人则倒掉纯净水，用瓶子灌满井水，不论是穿西装的，还是在春天就涂防晒霜的，至此君王也低头，都喝个痛快。

虎峰

上虎峰的路有多条，从虎峰山水库左边上山，可以见到小水库（也称上湖）和那口井。

喝了井水，转过山弯就可以看见虎峰峰顶，林木簇拥起岩石，状如老虎嘴巴，故名虎峰。这里看山下，一边是大学城，一边是璧山城，皆历历在目。数年前这里是荒草乱石，乱石中有打碎的石菩萨、石狮子，大概是2007年，峰顶岩石下建了个竹竿撑起的篷，里面供了菩萨，成为一个简陋的小庙，但小庙似乎没有竣工，或许遥遥无期等待什么。

虎峰岩石有不是路的路，一般人可以爬到老虎嘴巴上，胆大的可以爬到老虎头上，山登绝顶我为峰。

乡居

从水库（下湖）右边小路一直走，密林中有废弃的农家，金银花却开得蓬勃。再继续走到路的尽头，有个山中的木楼，大约2006年修建，新的时候分外耀眼。这是纯木的一楼一底的别墅，主人是城里退休的老两口，所有木头都是山下市场中买来，再请人扛进来的。进入小楼你要脱鞋换拖鞋，里面有壁炉，有沙发，有城里所谓别墅的一切。

小木楼旁边是个农家小院，一个城里人买下小院，后来他的朋友在旁边修建了木楼。不幸的是2007年重庆闹水灾，山体滑坡冲毁了小院的几间房子。

如今，这个木楼取名为“乡居”，木头的色彩已经失去了先前的光鲜，由黄白变成了深褐色，和周围青山红花融为了一体，却更加的高贵，具有深沉的质感。小楼前桃红梨白，巨大的玉兰花瓣七分在枝头三分在地上，鸡鸣狗吠生机盎然。

现在，旁边的农家小院还有几间没倒塌的房子，木楼夫妇请了一个人住在那里，夫妇二人高兴了就自己种一下花，不想干，自有人帮忙打理。木楼四周干净清爽四季花开，连那群鸡都体态矫健，尤其是几只公鸡，鸡冠硕大羽毛光鲜。当然，鸡是不卖的，别在这里谈买卖租赁，或许算懂一点主人的追求。

但凡来客，往往都会感叹一番，然后信口就说自己也想在这里修间房子住下。主人总是笑着说：欢迎来修房子，滑坡过后小院背后山体是光洁的山骨岩石，再没危险。就在小院的宅基上修建，成本很低。但是，人们都是嘴上说的多，真正下决心的很少。

虎峰山，一边是大学城，一边是璧山城，其实世外与红尘就在咫尺之间，一念之间。木楼夫妇已经在山上住了三年，女主人说丈夫有时有下山的念头，是自己坚持把他留在山上的。

农安山

走下虎峰山，上到水泥道，向右是莲花湖、曾家镇，向左过去不远是农安山水库，水库旁是“疯狂农家乐”。这个农家乐饭菜的价格，算上了免费提供自制的飞过水库的简易速滑服务。这个水库可以钓鱼游泳，农安山爬上去也可以看到璧山。

虎峰山的右边是回家的路，走得一公里左右经过曾家镇，镇上有价格便宜的鱼庄，鱼庄对面有现榨的菜油，也可以自己带油菜籽请他榨。如果不吃疯狂农家乐，晚饭可以吃饱镇上的鱼，节约的钱不妨买上几斤30年前那种味道的菜油，带回新世纪的钢筋水泥中。

黎香湖

半岛农田不种蔬菜大米，全部是青一色的蕨菜。蕨菜军团抱团强势，连其他杂草都无法生长。纵然是夏秋季节去，路边也有很多蕨菜新芽冒出。

特点：

如果说但渡是重庆折耳根最多的地方，可能有争议，那里的折耳根密集但占地有限。而南川大观的蕨菜，则多如三秀的油菜花，恐怕真没第二个地方这样多，多得成了一道风景。

南川大观，下高速有个茶场，可以采茶制茶，镇外有个蔬菜基地，四季可以自己去摘下来称，镇上有个“食为天”餐馆在一个文物古楼旁边，味道价格还可以。出镇后右转再走约10公里到黎香湖，堤边有度假村有快艇，汽车绕湖到后面，一个小路进去是“兄弟农家乐”，25元三顿含住宿，这里有个半岛，上百亩蕨菜的岛上无一丝其他杂菜杂草，有硬化的小路进去，随便摘。

黎香湖在钓友嘴中叫“土溪”，是个钓鱼的好地方，不论你下多少竿，湖上有巡游的小船，沿岸收10块钱一个人的钓鱼钱。

线路：

主城上高速到大观下道，30元。下道左转进大观镇方向， 50米地方右边有个岔路，路口是大观的茶叶生产基地。不上右边岔路，直接走，经过大观镇，出镇右转，一路都是水泥路面，乡间风光。

这条道走大约10多公里20公里不到，一个迎头的上坡路可以看见水库的大坝，公路右边这时出现一个上陡坡的岔路，岔路上去就是大坝边度假村的停车场。不进岔路继续走公路，上了坡右边是度假村的大门，这两个岔路让度假村形成一个小环线。

公路继续前行，车窗右边是黎香湖，沿湖走到库尾，右边有一条森林机耕道，进去不远右边林中白鹭很多，再走大约一公里，路的尽头是水库一个码头和兄弟农家乐。

关键词：

茶山

大观镇前茶场、茶厂的老板姓唐，待人厚道。这里有800亩茶山，拜访茶场，他们会教你怎样采茶。这个茶场的一个经销商与四川的一个道长有缘，专门传授了道家的独特制茶方法，并专门来此看风水定时日，生产的部分茶叶允许以道观的名字命名“九真道茶”。

采茶多在主公路左边一条机耕道进去数百米，高于腰间的茶树排列横平竖直，旁边有竹林，竹林有人家，适合照相。茶场唐场长电话：13308254928。

餐馆

大观镇上，有一处数层楼的洋楼，为保护建筑，建筑旁边是一个占地面积不大，却修了几层楼的餐馆。餐馆名“食为天”，大观镇的人接待外来者，一般选择这家餐馆，菜品价格实惠味道可口。

菜园

出大观镇走黎香湖，不远是大棚蔬菜基地，路边有农家，是蔬菜的主人。这里四季有菜，问好价钱后，可以自行进去采摘。一般可以在回来时候，摘下称了带回主城。

大坝

黎香湖大坝处有度假村，林木高大，配套设施完善，渡口有可坐数人的快艇，为增加惊险刺激的乐趣，快艇驾驶员会在湖面有意左右倾斜，船上乘客，花钱买来欢叫和惊呼。大坝上视野开阔，一边是湖光山色，一边是脚下通往大观的来路，适合照相。度假村电话：71685888。

兄弟农家乐

吃三顿住一晚25块，有荤有素，仅仅吃饭，菜品分量正好，不会浪费；如果喝酒，可以另行加菜，也可以提前告之，专门打鱼或者杀鸡。由于利润很薄，只吃饭不住宿也是25元，或者10块吃一顿。也就是说，在这里搭自己的帐篷或者住农家的房间，价格一样。农家乐为楼房，上楼睡觉要换拖鞋，房间陈设简单但干净。老板周杰电话：71638823。

渡口

农家乐门前50米是一个渡口，这里是库尾的一个水湾，可钓鱼、游泳，快艇也有时过来揽客。下竿钓鱼，自有寻湖的渔船划来，收费10元，钓24小时或钓半小时都是10元。如果成心钓鱼，且有一定钓鱼经验，收获一般都超过10元。

半岛

农家乐和渡口之间，有一条硬化了的道路，宽度超过机耕道。这条路两边是松林和灌木杂草，废弃多年。路只有几十米就断头，这时已绕过一个小山湾，幽静无人。断头路连着两条砖头铺就的小路，可任意选择，它们是一个环线。这个砖头路宽逾一米，非常规整，走进去会有一些分岔的路，同样都是砖头铺就。砖头路连通的是几个伸进湖中的半岛，半岛上没有树，是开垦规整的农田，但是，农田不种蔬菜大米，全部是清一色的蕨菜。蕨菜军团抱团强势，连其他杂草都无法生长。纵然是夏秋季节去，路边也有很多蕨菜新芽冒出。

三秀油菜

作为油菜产业化基地，这里阡陌纵横的都是可以开摩托的水泥田坎路，走进去融入花海中，可以只管眼前不管脚下。

特点：

三八节一到，油菜花就黄了。解放碑以外，到处都是这种抱团成为军阵的小花，规模一大，就成了风景。于是罗平、垫江、潼南到处都是车和人。南川城边三秀那一带油菜也成了规模，既成了规模又毫无商业炒作，更重要的是路程很近，所以值得推荐一下。

三秀最大的一片油菜田比号称什么“城”的小区大，而且很平整，估计铺上水泥就是飞机场。作为油菜产业化基地，这里阡陌纵横的都是可以开摩托的水泥田坎路，走进去融入花海中，可以只管眼前不管脚下。

花海中有一条蜿蜒的河沟，可以拍照但水不可饮用，如果要在田里野餐，只能带水进去。选个太阳天，进去野餐很是不错。尽管田边车行道边有不少农家，就是没农家乐，市民看花乐，农民看市民乐，车子免费停他们院坝都欢迎，就是没准备饭菜招待，还处在看城里人稀奇的阶段。阵阵花香的风中，卞之琳唱到，你进油菜田看风景，你成了油菜主人们的风景。

线路：

高速路金佛山收费站下道，右边走金佛山，左边看油菜花。左转大约一公里不到，就是个公路收费站。切莫进站交钱，站前右边一条可容一个车的小路开进去，越走油菜花越多，直走到平整的一片黄色天下前停车。看够油

菜花的规模，不用回头，直接往前开车，跨过那条河沟上的桥，一个岔路口左边走南川，右边走水江，左边停停走走，不必熄火，走到河沟转头处停下，这里田坝高高低低，油菜军阵上上下下，有的爬到山顶，有的河沟边顾影，有了些变化，成就另一种美丽。

告别黄金甲，可以有多个选择，继续这条乡间水泥路不久上公路，走金佛山、水江，或者进南川城走大观。就油菜而言，旁边水江的花海也不逊三秀。

三江水库

现在这里正在修水库，水库修好后将是另一番景致。沿左边溪流爬山，溪流飞下，形成很多小瀑布和潭水。

特点：

璧山大路镇农家坡樱桃熟了，可以自己摘也可以农民摘，摘下来称了后，卖给贩子多少钱，卖给城里人同样多少钱。不远处是“三江”，由两条山里的溪流汇集成一个大的溪流，目前正在修建三江水库。溪流四周是茂密山林，有石刻、庙宇。

农家坡王老伯家，可以吃到野菌烧鸡，大路镇有大刀烧白，仅就这两个菜，就值得一去。何况，还有转不完的山。

线路：

西永大学城下高速，无过路费，走陈家桥往青木关，然后进璧山境，下一个岔路不进璧山而走大路镇，左为璧山城右为大路镇，再下一个路口右走龙泉、七塘、八塘，左为大路、团坝，有过路费2元。渝遂高速通车后，过璧山后下一个站口就是大路，下道不远就是大路镇，不进大路镇而问团坝、农家坡，或者问“三江水库”，公路左边出现一排约50米长的农民新村时，有机耕道进去，从高速路下面穿过，上坡就到农家坡。农家坡与高速路直线距离不到300米，坡上王老伯家可以看到高速路大路站边的加油站。

王老伯门前的机耕道，缓坡而上，左边岔路到三江水库，不转弯直走，500米之内进入森林，森林左边有一个人工水池，一个青草平坝，平坝后是一个庙宇。道路继续走，3公里内无人家，全是松林、竹林，可行车、可步行。除了人工竹林，还有成片的长不高的野斑竹，钻进去采竹笋会收获丰富……

三江今后是璧山城的后备水源水库，目前溪流清澈。它的左右不远，左为青龙湖，右为凤湖仙山，都是璧山的风景区，目前，璧山规划将三江、青龙、仙山整体开发连成一片。

关键词：

三江

山里两溪交汇处有鱼，下游泡澡会有很多不怕人的小鱼往身上扎，一如温泉的“鱼疗”。现在这里正在修水库，水库修好后将是另一番景致。沿左边溪流爬山，溪流飞下，形成很多小瀑布和潭水。大约200米石梯陡坡爬完，溪水平衍，旁边是很不错的草地。这个位置找螃蟹、露营，就着溪水野餐，是个不错的地方。这条石板小路是一条古道，再往里走，进入森林，溪流也越变越小，如果继续走，就走进铜梁了。

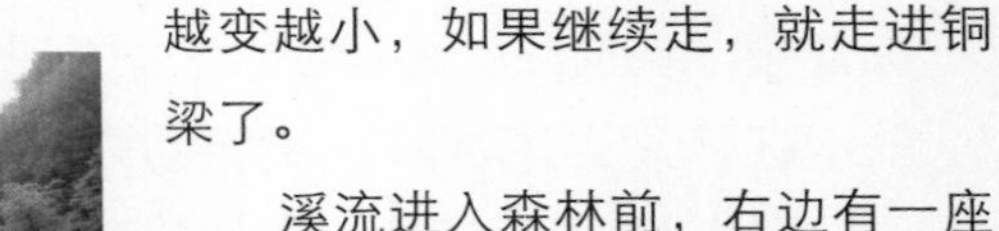

溪流进入森林前，右边有一座山峰，峰顶原来是座庙宇，现在住了人家。遗留下石头狮子、石头菩萨，偶尔还有香火（更多的香火，在三江右边坡上的庙中。这一带，初春折耳根很多）。

樱桃

农家坡很多农户前院后坡都种有樱桃，一般摘下来会有贩子上门收购，城里人去了也都很欢迎。王老伯以前是城里工商干部，退休后回到老家，他的家就在农家坡的路边上，单家独户，院坝有高大的香樟，房后是一片竹林。院边坡上都是樱桃，可以边吃边摘。路边还有茶田，由于茶叶收购轻淡，也就没有当回事，来人可以随便摘。

王老伯认识很多山货，金毛狮子、野菌等等常有，运气好可以吃到野菌烧鸡、野菌烧肉，绝对是餐馆的罐头、干货不能比的。当地农家朴实，2007年樱桃价格3元一斤，2008年是樱桃“小年”，价格6元，2009年其他地方开始搞“樱桃节”，这里还是3元一斤。王老伯好客（电话13220307548），典故很多，不远处有一个古墓，石碑巨大，2009年列为文物，而古墓后人还在……

大刀烧白

大路镇车站边餐馆有“大刀烧白”，每片烧白比照母山陶然古镇的大刀肉长一倍，比筷子还长，豪放到极端也是种别致。一次，璧山城的朋友前来赴宴，带来城里的才兔和板鸭，那席间板鸭才兔大刀烧白各自用色香味形争宠，堪称璧山吃喝的三绝，让人高兴得世界观都改变。2008年，大刀烧白28元一份，到了2009年，已经变成了50元一份，但走到这里，还是可以吃个稀奇。

大刀烧白餐馆名曰大江龙，取的是老板的名字“龙大江”，电话是41926295。另外在璧山城如今有分店，电话是41418587。

凤湖仙山、青龙湖

三江水库一边是青龙湖，一边是凤湖仙山，璧山将两者与三江水库这三个地方列为整体打造的一个旅游片区，三江到仙山到青龙湖，都在10公里内。凤湖仙山地处璧山七塘，离缙云山后山不远，风景秀丽鲜为人知，目前正在大搞开发，机声隆隆。青龙湖为成熟景区，已经取消了门票。青龙湖中情人谷湖边有一块草坪，是不错的露营地，因为景区不能露天生火，旁边有农家乐可提供食宿，电话是41638165。青龙湖背后大山正在修通往铜梁的公路，山顶路边有一颗千年银杏，枝叶茂盛，独木成林，湖边爬山半小时可到，值得一观。游船青龙湖，目前可见鸳鸯。

诗瓜村

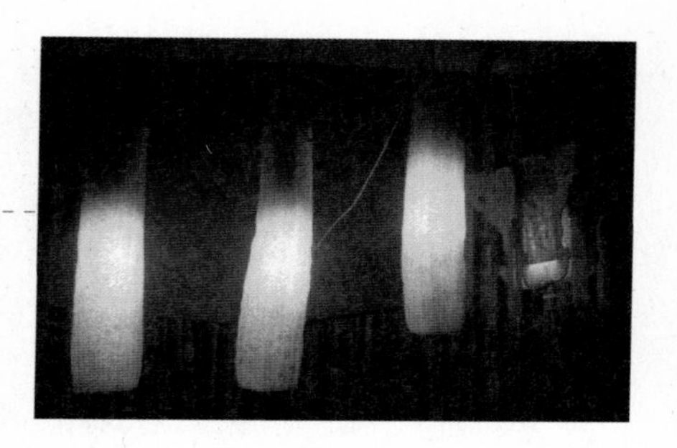

这里四周悬崖高耸，树木葱郁，谷底小河流淌，野趣横生，时有野鸡、白鹤出没，群鸟乱飞。

特点：

诗瓜村其实是丝瓜村，重庆报纸说是中国第一诗瓜村，就是渝北大湾镇拱桥村伍家沟三社，是一个风景不为人知的山谷。这里四周悬崖高耸，树木葱郁，谷底小河流淌，野趣横生，时有野鸡、白鹤出没，群鸟乱飞。野生的金银花香气扑鼻，春天可摘折耳根、蕨菜，夏天特别凉快，有满山的桃子、李子，随便吃，拿起走才收钱。

这个原汁原味的田园风光，以前不通公路，现在还是贫困村。政府为发展乡村旅游，已规划在这里种植万亩红枫，打造中国最大的红枫林。今年引进重庆高度农业公司，种植大丝瓜300多亩，一条有十几斤，一米多长，丝瓜络加工成各种有文化味的工艺品，名曰“诗瓜”。

线路：

一是走渝邻高速，在大湾下道，收费25元，往茨竹方向走10公里，全是新路，到山顶一个叫“三层公路”的地方就是村口。

村口路边住家的是黎坤生、黎坤全两兄弟，其父已高寿85岁，兄弟俩健谈且乐于助人，是当地活字典。如果逢雨天，下谷底的1.8公里路尚未硬化，底盘较低的轿车最好在村口泊车，沿水泥路步行十多分钟下山，沿路可赏田园风光，采路边野花。

二是走渝邻老路更有驾驶乐趣，过路费也省了，一级路面，途经木耳，沿途可打望，无高速公路之枯燥，到茨竹后往山下走8公里便是村口。

关键词：

赶场

茨竹赶1、4、7，大湾赶3、6、9，两个乡场因离城区较远，东西都比较便宜，土鸡蛋6元一斤，土黄鳝13元一斤，土鱼鳅8元一斤，土鸡12元一斤。

钓鱼

在拦河坝上游，河沟里多野生鲫鱼，大的重达半斤，鲤鱼有三斤的，钓鲫鱼要撒窝子，用红蚯蚓才好钓，不收费。

避暑

夏天平均气温24℃，山谷里下午4点过太阳就落坡了，晚上必须盖铺盖，空调是多余的。河沟里可以搬螃蟹，晚上可打青蛙、黄鳝。

有一山洞叫“神仙洞”，风景绝佳，洞里以前曾住了五户穷人，土墙房子的废墟还在，据说住在这里的几家人都发了，其中一个是煤矿老板。

农家饭

当地现在还没有农家乐。有领导和游客进来，一般在队长家里吃，不外乎老腊肉、豆花之类，猪肉绝对是粮食猪，饮水是从悬崖中渗透出来的，做的豆花特别好吃。走的时候可以买农民喂的土鸡。住宿接待能力差，一次不超过10人。队长贺祖万电话：13370765302，高度农业潘总电话：13808310590。

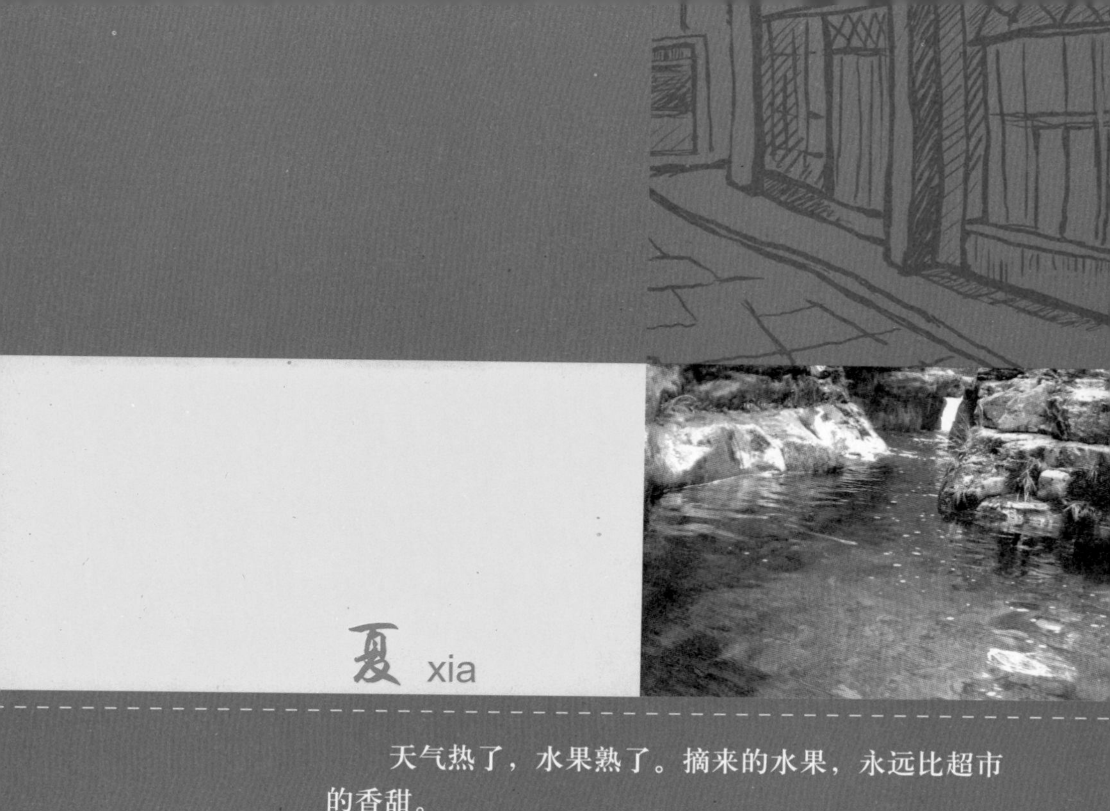

夏 xia

天气热了，水果熟了。摘来的水果，永远比超市的香甜。

夏天行囊便捷，哪里凉快哪里去。寻一湾好水，支三五个帐篷，月夜下说七八句闲话，走百十里路程当属值得。

石笋山

孔雀湖游泳是个享受，三面青山一池碧水，加上四周无人，游起来很是畅快。孔雀湖窄而长，如今修了两条跨过湖面的钢索，胆大的可以走过去。

特点：

永川、江津交界处的石笋山，有两个石头峰，一个在江津一个在永川。两个山峰都有庙，庙里的人都说自己这个是“男石笋”，对面是“女石笋”。重庆地图册上，永川那一页标的“男石笋”在永川，江津地图自然自己境内也是“男石笋”。至于为什么自己这边是男石笋，回答千奇百怪，最不靠谱的是靠古寨这边的庙祝，指着悬崖上一棵树说：这边的只开花不结果，那边的要结果，所以本山峰是男石笋。当然，石笋山有趣的不止是这男女之争。

总的来说，石笋山各种景观比较齐全，男女石笋两峰皆见的孔雀湖清澈幽深。山水、溪流、高峰、深壑，瓜果丰富。而且，这里既有舒适的大路，也有很多林中小道，通古寨城墙、三教合一寺庙、林中农家乐和山顶度假村。除了没有瀑布，风景的要素几乎全有。这里离重庆刚好100公里，不远不近，但知道的人不是很多，是个不错的地方。

线路：

成渝高速永川下道，经过野生动物园继续走，经五间、何埂到石笋山，单程100公里（永川下高速到石笋山30公里）。另一条路是华福路到江津，过北岸收费站后不过江津大桥，右转走吴滩方向往石笋山。前者一路平坦快速，离永川的卫星湖、黄瓜山、松溉古镇都不远，时间充足可以游玩这些地方；后者有几个小收费站收费很少，部分路段路面不好，但沿途风景不错，不妨走个环线。

最妙的是石笋山下火车站名曰“柏林”，菜园坝早上8点火车，12块钱中午到柏林，下火车后步行爬山到孔雀湖大概一个小时，沿路风景不错，也是个锻炼的好机会。次日午饭后柏林可坐火车回菜园坝。

且说汽车到柏林火车站，与铁轨平行走数百米，跨越铁轨上石笋山。山上有一段路没铺水泥，雨天坡陡容易打滑，自驾石笋山应选择晴天出行。这条上山路后半段铺了水泥，尽管有陡坡，但可以二挡上到山顶。山顶有度假村，度假村前有大水塘，可以钓鱼。

关键词：

孔雀湖

不少人把这里称为“小九寨”，其实夸张了，九寨的水很难有地方可比的，但游人一多，天堂也成了地狱。孔雀湖的水不错，干净幽深，游泳到湖心，忍不住会一边游泳一边喝上一口。湖堤有竹筏，可以自己划着玩，如果有当地人制止，不妨说点好话，递上烟，他就睁只眼闭只眼了。自己带充气船在湖上划，当地人并不干涉。

这里游泳安全责任自担

孔雀湖游泳是个享受，三面青山一池碧水，加上四周无人，游起来很是畅快。2007年这里淹死过驴友，农家乐一旦知道有人游泳，往往会劝阻，见你一意孤行，他会说安全与他无关。孔雀湖窄而长，如今修了两条跨过湖面的钢索，胆大的可以走过去。

森林农家乐

这是真正建在森林里的农家乐，林中有不少小木屋，但由于少有人去，有的比较潮湿，不妨自己住帐篷或者住农家乐提供的帐篷。

这里住的特别，吃和玩也比较特别。这里的木板房上写了不少注意防火、节约粮食的顺口溜，工整的毛笔字，出自森林扫地老人之手。老人自称是这里的卫生部长，说话风趣幽默，而且常常即兴给大家表演节目。简直是石笋山的宣科。2008年后他到山上守庙子去了，要再和他聊天，得到山顶了。

农家乐饭菜比较便宜，不论点什么菜，都会上一碟泡蕨菜，还有泡蕨菜炒腊肉也很有风味。另外，这里的鸡体态矫健，不少都飞到松树枝上歇息，点杀这种“飞鸡”，价格也很公道。石笋山景区总经理姓董，林中农家乐老板也姓董，山顶度假村和林中农家乐都可以联系他们，董天孝电话：13500303693，董天云电话：13883780695。

山不在高

柏林车站开车到山顶，大约要不了半小时。山不是很高，但有孤峰和深壑，富有变化，可以看远、看险、看幽，加上草木丰茂，自然风景颇有些姿态。

此外，这里还有不少人文景观，古寨城墙，三教合一的庙子，值得一看。而夏季最吸引人的是山上水果品种数量都很丰富。山顶的苹果，山腰的桃子、梨子、葡萄、西瓜数量都不少。现在山顶还开挖了很大一片地，打算种猕猴桃。

一般来说，都是“偷来吃”，偷吃的“偷”能把一般水果吃出好味道。这里“偷”被发现了一般农民也不干涉。如果要得多，可以摘下来称，2007年价格是梨子葡萄都是5毛一斤，地里西瓜不大，但是熟了的，也是5毛一个。

钓鱼台

和许多耍水的地方相比，钓鱼台有两大好处，一是水质极好，二是没有危险却又不乏刺激。

特点：

这里的水看得透踩不透，这里的水三伏天让人冷得发抖，这里的水有婉转有激越，就凭这个，有的重庆人每年都去。比之桐梓县另一处好水“水银河”，钓鱼台未开发，更加自然，似乎水也更好。

线路：

渝黔高速经过綦江后，沿路就有很多耍水的地方了。东溪开发了漂流，贵州境内新站出口夜郎开发了漂流，另有月亮河峡谷可以耍水。抛开这些在桐梓下道。注意，桐梓下道的路口后面是它的加油站、服务区，车辆很容易一脚进了服务区，再想回头要嘛只有逆行，要嘛5公里外，运气好在隧道前掉头，要是这里栅栏关闭，只好到下一个路口回来。切记，尽管再过去是娄山关、遵义，那两个地方也有很多好玩的，其中娄山关上不仅题有那著名的诗词和战场遗址，山上农家乐也主要接待重庆避暑的客人，600元包吃住一个月。

下道后往县城里走，进入县城街道公路，有个巨大的新修牌坊横过公路，记住这个牌坊。过牌坊不远右边是一条河沟和火车站，河沟对面有几家餐馆，可以用餐，而公路左边有农贸市场，不妨买些吃的带进钓鱼台。

主城到桐梓接近180公里，午饭后出县城，过牌坊后有个岔路，立即右转上岔路，会经过一个水泥厂，走一段平路后翻山，官仓镇在桐梓西南方向，28公里左右。翻过一个山后下谷中，再上山，这时回头看谷中，有一个漂亮的河湾，有时候也有休闲车友在这里玩耍。对面山间有个巨大的排水管，一旦排水，瀑布横空。

官仓镇响水村在官仓镇前面，这个村落有个左转的岔路进钓鱼台。特别说明，这里离钓鱼台是2公里机耕道，爱惜车辆或者新手，最好就在村边停车，走路或者坐摩托进去。这条路底盘一般的车，慢慢开有时候也会挂伤底盘，道路边的灌木也可能擦花车身，概率大概是10个车中有2个被挂。如果是越野车，不但可以开到钓鱼台河口桥边，还可以过桥上山，直开到钓鱼台上游。

关键词：

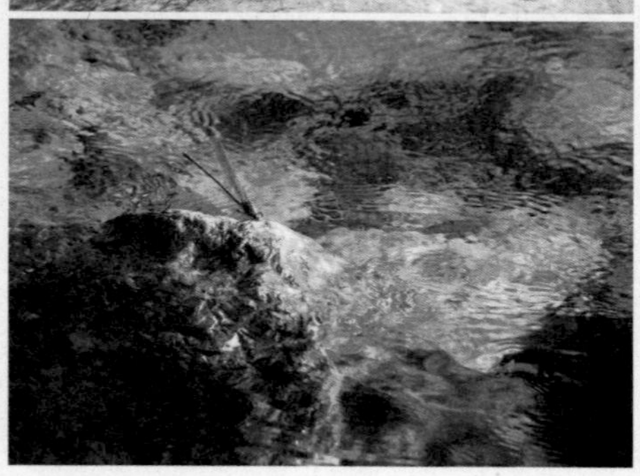

水路

“钓鱼台”的名字是驴友们给取的，来这里主要就是耍水，越热的天来越好。

尽管地处贵州，但来这里耍水的基本上都是重庆人；尽管数公里外的镇上有农家乐，但来这里的基本上都是帐篷族。多数来这里的人，选择峡口石桥下扎营，可以自己做吃的，也可以吃水边农民简易的餐馆。

峡口趟水而上，不久就是一个小潭，潭水见底但却没过头顶，必须游泳进去。如果有几个不会游泳的妇女儿童一道，可以靠游泳圈拉进去。没过头顶的位置只有数米，增添一点惊险的乐趣，却毫无危险。

和许多耍水的地方相比，钓鱼

台有两大好处，一是水质极好，二是没有危险却又不乏刺激。老山上流出的这股水，有浅滩深至膝盖，有小潭可以游泳，有急流奔涌但恰好一般人费点力气可以过去。溪流或平静或激越，随着河道峡谷而变，但千变万变，有惊无险。

这条水路最奇特的一段，当地人叫“猪肠子”，重庆人叫“一线天”，两边山峰壁立，河流到了这里只有一米宽，水较深较激，游过去、拉过去、背过去皆不失乐趣。这里有块石壁，三伏天手摸上去如摸冰块，很是奇妙。

提醒，水激地方有岩石可以走过去，但最好不要走，石壁苔藓很滑，赤脚更不能走。另外，走水路最好准备凉鞋、沙滩鞋。因为水中一半趟水，有的是在浅水乱石中走路，赤脚是很折磨脚板的。

山路

钓鱼台两边都是高山，两边高山都可以走进去，但右边一条已经没人走了，那是一条水渠，前些年有当地人走水渠掉下万丈悬崖，再没人敢走了。左边过石桥有大路，摩托和越野车可以行走。

山路别有风光。不少路段是悬崖绝壁硬生生挖出的路，颇见阳刚。徒步一个小时山路后，是一片松林坡，下坡到河谷，就是钓鱼台的上游，河谷上有很宽广的草甸，是露营的好地方。

沿水路上去，一般走到上游堤坝位置，一个人走1小时，一群人走3小时，如果有不会游泳的一道，可以走5小时。沿水往下走，不少地方可以“漂流”。一般漂流要用船，用房地产话说是亲水性缺乏，水银河漂流用轮胎，但又有危险，只有这里可用气垫床可用游泳圈，或者仰躺着什么都不用，顺水慢慢漂，或睁眼或闭眼，一切随意。

走山路的好处是营地好，但要累一些。

变化

第一次去钓鱼台，当地没有任何设施，纯天然。农民的干腊肉、腊排骨都是5块钱一斤，称好了就不用管，到了晚饭时间，农民会把腊肉煮好，还免费送腊肉汤煮饭豆一大锑锅，沿水路背一个小时到上游来。

第二次去，峡口桥下搭了个简易餐馆，停车费10块。可牌子上明明写的“停车5元”，诘问农民，他们会说不过夜5块过夜10块。第三次去，停车费20块一辆车！尽管这里一年一个变，但总体来说，比桐梓的水银河原始。

桐梓下高速后，进入城区左转就是走官仓镇的路，桐梓到钓鱼台不到30公里，如今都是沥青路面。

胜天湖

滴翠峡有石梯路，渐渐走进去是乱石路，峡中溪流是汇成胜天湖的两个主要溪流之一，水极好，可以用溪水煮饭烧茶。

特点：

偏岩、金刀峡、胜天湖互为邻居，后者名气小，去的人也少。但三者各有特色，金刀峡的峡谷特色突出，山的缝隙狭窄，脚下水流激越，不仅在主城，放在其他地方，也毫不逊色任何景区。偏岩很小，黄葛树很大，比之其他古镇，更加淳朴自然，几乎无雕琢。胜天湖取自“人定胜天”，其中滴翠峡游人罕至，为重庆驴友经典露营地之一。

线路：

著名的金刀峡怎样走，偏岩、胜天湖就怎样走。可以部分走环线，即渝合高速三溪口下道，过嘉陵江，经天府镇到静观镇，另一条是渝北、水土、静观、柳荫到偏岩。也可以渝北、复兴、三圣、柏杨坪到柳荫，这后一条走的人少，但很长一段是沿着黑水滩河在走，金刀峡、胜天湖分别留出来条溪流汇成黑水滩，最后流入嘉陵江，路上一些河滩可以停车照相。

偏岩继续前行，就是金刀峡，没有去过的人值得一去。它是一个非常有个性的风景区，配套完善，自己要做的是爬坡或者下坎的准备，当然，里面还有轿子代步。

偏岩旁边有机耕道上胜天湖，其实偏岩的漂亮溪流，就是胜天湖留下来的。对着溪流上方，左边机耕道可以行车，山中有个小煤矿，偶尔有大卡车下来，这条路大约走3公里，一个岔路右走，轿车可以开到胜天湖大坝。另一条是徒步线路，沿溪流右边小路上山，也可以走到大坝。

地图上看，渝北走偏岩的公路，几乎与渝邻老公路平行。渝邻公路（210国道）经过茨竹后紧邻过省边界是走华蓥山镇的一条公路，而它的左边就是北碚的胜天湖。也就是说，胜天湖经过堤坝寻小路前进，可以走到华蓥山。事实上这也是重庆驴友的一条经典徒步穿越线路。此华蓥山略低于邻水界内的主峰高登寺，山上同样有寺庙，顶峰祝圣堂峰海拔1 432米（高登寺海拔1 700余米）。

关键词：

偏岩

倒塌的戏楼、蓬勃的黄葛树、铁匠铺子、杂货铺子、无人的茶馆、三五家小餐馆、一条溪流、稀落的几个游客，这是真正意义上的古镇，尽管它很小。

偏岩一条溪流为界，一边是古镇一边是新镇。尽管古镇很小，街上铺面半开半闭，但是个吃饭的好地方，尤其要吃“一水排骨”。古镇的三五家餐馆带旅馆的小店，一头接街面，一头靠水边，都有石梯下到溪边。溪水多数时候深没膝盖，夏天时候，餐馆的方桌就摆在水里，脚下是流水，桌上是一水排骨，头上是黄葛树大伞，价格公道味道巴适的“洗脚宴”，让人吃饱了很不想离开。

滴翠峡

胜天湖大坝有唯一一个旅馆，停车过夜要收费，有住宿和餐饮。旅馆提供机动船（可装20来人的大船），不论1人还是20人，铁价150元。其实，人家这船是150元跑两个来回，头天送人进去，次日接到电话再开船去接大家出来。坐船几乎是纵向穿过了整个胜天湖，既是交通工具，也游览了大水库。

滴翠峡有石梯路，渐渐走进去是乱石路，峡中溪流是汇成胜天湖的两个主要溪流之一，水极好，可以用溪水煮饭烧茶。它从山上跳跃奔涌婉转迂回，形成了几个可以游泳的水潭，面积不大，但有的很深，不会游泳者要小心。

这里峡谷坡陡路窄，能够下帐篷的地方不能成片，整个溪流上下总共也只能下10来个帐篷。游泳、煮饭、帐篷，都围着这几个水潭。好处是，就这一船人，四周无人烟，电线杆也找不到一个。

黑山

黑山因为黑山谷，所以道路很好，山上还有到万盛石林的指路标志，黑山谷、万盛石林都是重庆著名风景区，不再介绍。

特点：

有著名的黑山谷，有好品种的猕猴桃，有老黑山的原始森林。林中有几个农家乐，其中有高大枫树，夏天凉快，秋天景色漂亮。

线路：

外环上渝黔路，綦江处走綦万高速，下高速后一路有去黑山谷风景区的路标，沿一个河沟上山就是，过黑山谷北门继续前行。经过交[illegible]带叫“天堂沟”两山夹一深谷，风景不俗，路边还有一个幽深[illegible]走完水泥路，上林中机耕道，不久见林中有几个农家乐，其中[illegible]枫，可以停车饮食住宿，也可以搭帐篷。主城到此，接近100公[illegible]1 200米。

黑山因为黑山谷，所以道路很好，山上还有到万盛石林的[illegible]山谷、万盛石林都是重庆著名风景区，不再介绍。

关键词：

红枫、猕猴桃

农家乐广种红枫，可能是先有红枫后有农家乐，树的[illegible]树下吊床、帐篷很惬意。农家乐名叫“正美山庄”，电话是[illegible]13808317058，这里再往前走是狮子槽。黑山谷北门一带有[illegible]

户，不少小院同时也是农家乐，这里种植的猕猴桃质量很好，国庆前后适合去购买。

山道

机耕道停车处10来米外是山的垭口，过垭口是下坡路，沟中少有人至，可以行车的道路上就有能伸手摘到的野生猕猴桃，溪沟水流清澈，溪边梨子老在树上没人摘。注意垭口机耕道左边有一条上山小道，这是条砍柴的路，路边有可以饮用的水源。这条道是峭壁上开出来的，尽管植被很好，很难看到外边，但有一定危险性。黑山森林是万盛、南川、桐梓交界处，这条山道走不多远就是贵州桐梓，有探险的乐趣。

梦幻谷

寂静、空旷、舒坦，同时拥有极好的水源，重庆驴友目前还没发现比梦幻谷更适合扎帐篷的地方。

特点：

梦幻谷是仙女山上商业旅游开发了一半，又因其他原因放弃开发的一个山谷。

梦幻谷没有特别的高山大川，和几公里外的“天生三桥”比起来，毫无惊人之处。三桥险峻，处处让人小心脚下，担心头上；梦幻谷恬淡从容，适合吊床、拖鞋、咖啡和草地上慵懒的午觉。它就是在群山万壑中的一块四面皆山的平地，大小和一个中等小区的规模相仿。谷中长满了普通的花草和普通的松树柏树，一条可以直接饮用的小溪贯穿其间。

这个地方，就像《武林外传》中白展堂夸奖佟湘玉——有张老婆脸。耐看。来这里，不是来寻找惊叹，而是来“浪费时间”。在这里你可以睡懒觉可以爬山可以下水可以……一切自由散漫，却是重庆驴友推崇的第一去处。

线路：

走渝涪路，然后沿涪陵滨江路走完，再走武隆，中午可以在白马、羊角镇、仙女山郭家大院吃饭，其中郭家大院的菜和梦幻谷农家乐的口味一样，不妨在白马吃饭。羊角镇有些餐馆宰客，但停车同时可以买点豆腐干等土特产。白马吃饭价格公道味道好。白马三岔路中有个白马雕塑，在靠乌江一边有两个餐馆，两家电话分别是13983312738和77762461。

白马三岔路其中一条通南川水江，翻山风景不错，但路不好。南川水江的断头高速通过来后，以后就不必走长寿涪陵了。

饭后过武隆新街，新街有指路牌左转上仙女山。

仙女山有两个山腰的支路都可以到天生三桥，一条经过三桥大门，可以在门口亭子看部分沟底风光，另一条经过一个悬崖，悬崖下是三桥景区，两条路风光都不错。这两个路实际上把三桥绕了个环线，环线上有个具有一点街镇模样的地段，一条岔路通往山里，实在找不到路，可以问“仙女湖在哪里”。这条已经硬化了的道路走3公里左右，有一个以前修建打算收费的简易收费站，现在已经不收费了。它的左边有一条上山的机耕道，沿这条道可以进梦幻谷。另外，可以不上这个道直接开，开到仙女湖停车，然后经过大坝爬山半小时到梦幻谷。也就是说，梦幻谷和仙女湖也是个环线，唯有这一段必须步行。如果想一步不走，最佳办法是车进梦幻谷，次日车开出来，再到仙女湖。

如果大假期间走这里，可以先到仙女山，然后到丰都南天湖，再到石柱的油草河（黄水森林公园），然后从忠县回重庆。

关键词：

帐篷

寂静、空旷、舒坦，同时拥有极好的水源，重庆驴友目前还没发现比梦幻谷更适合扎帐篷的地方。有的时候，这里还会来10多个老外，他们也不要

农家乐的饭菜，直接带上帐篷和奶油面包，进了谷尾的森林中。农家乐的吕老板说，这群老外是给一个工程安装设备的，他们每个月要来这里一次。

太阳和老外消失后，吕家人喊吃饭。老吕家是谷中土著，由于驴友渐多，办起农家乐，且具有了一定规模。他们家电话（吕万峰13896667862）。近年这里菜的味道进步极大，有的菜品成本不高但精巧可口。饭后，可以点燃篝火，可以游戏可以烤羊，更重要的是为了取暖。一次夏天进来，某人手表可以看海拔，可以看温度，这里的海拔1 400多米，这时的温度18 ℃。

其实，春秋夏三季，这里的温度，特别是夜晚的温度没什么变化，2006年重庆40 ℃的时候，这里的夜晚也不到20 ℃！

尤其是夏夜，这里不但是天然空调，而且满谷的萤火虫与天上的群星两不相让，比亮度比数量……

“地毯”

进梦幻谷的山坡有段红籽坪，缓坡上有种草，很少见，南川马嘴林场和虎峰山有，但不成规模。这里一坡都是这种草，细细的、绒绒的、密密的，一脚踩下去，整个脚背都看不见，怎么个受用，只有光着脚才能感受。

起先，有矜持胆小的女士不脱鞋，后来见大家脱了鞋在上面越踩越高兴，也都全部脱了鞋袜。后来，有的人躺了上去，于是，每个人都躺下。

这面缓坡上百亩，都是这种草的天下，间杂一些红籽灌木，少有其他杂草。偶尔，你会发现其中有折耳根。夏天折耳根已经“老”了，老得开出了星星点点的白花，老得不算根的长度，仅仅是茎的长度都超过一尺。

溪流

2006年前，谷中小溪上有水车，过了一年再去，看见的只有半弧水车，来这里的人越来越多，又过了一年再去，只有水车架子，没有了那半弧了，如今，没了水车的影子。

吕家曾经想在溪流上筑个小坝，但由于地质原因，这里留不住水。以前这里可以勉强游泳，现在最深的地方大概也只能到膝盖。这个溪流很是特别，不仅仅是三伏天刺骨，不仅仅是喝起来回甜，它特点之一是无头无尾。

溯流而上，小溪在柏树林中蜿蜒，一会进入地下，一会跑出地面，最后消失在一个土坡中。顺流而下，到了谷口的悬崖绝壁，它又一头扎进溶洞

中不见了踪迹。这一股好水经年流淌，一会大一会小，等你以为会没有的时候，它又在前面哗哗响着。这股水只在梦幻谷这一段见了天，来自山中，归于山腹。

“娃娃鱼”

谷中有金色的青蛙，有野鸡，有“娃娃鱼”，有……

这些“娃娃鱼”比蝌蚪长，比磁器口麻花鱼短，长有四肢。溪流一些平衍处仔细找就能找到。

或许人们不相信是“娃娃鱼”，要是“娃娃鱼”这么多，仙女山早就把它保护起来了。某年，一个同行者坚持是“娃娃鱼”，用塑料瓶子装了几条，带回重庆放进自己花园假山的水中。过了一年问他：“娃娃鱼变的是青蛙还是蛤蟆？”他说：“还健在，长大了一点，没变，绝对是娃娃鱼！”

大概来玩的人多了，把这个事情告诉了吕家。吕家老板也抓了几条，说是打算研究研究。

大鲵大概只是这类生物的一种，梦幻谷中这些精灵，纵然不是娃娃鱼，大概也是它们的近亲。

梦幻谷的一切，需要慢慢看，也许有些东西读不透。它之所以叫“梦幻谷”，是因为有的早上，山谷中会有浓雾。站在山顶看谷中，整个就像一个湖，“湖水”变化着，如梦如幻。

仙女湖

仙女湖堤坝过去上山，翻过山就是梦幻谷，路程大约1公里。也就是说，梦幻谷过夜后，上午可以下山到仙女湖。

这条路上有两处草坪也适合露营，三伏天不热，但奇怪得很，山那边海拔高不了百米的梦幻谷却是“寒冷”，不远的两处地方，居然温差很大。

仙女湖边有柏油公路，偶尔有拍婚纱照的会来这里。湖边有农家乐，农家乐背靠高山，高山状如乌龟。

丁山湖

它的特点在于900米的海拔，夏日度假比较凉快；因此当地在夏天还举办“歇凉节”招揽生意。

特点：

有古镇人文景观，有海拔近千米的山中湖泊，这种相互搭配很像偏岩与胜天湖的放大版。其中，丁山湖号称有五沟七岔，有大小峰峦75座，湖面面积460万平方米。作为一个比较知名的老景区，曾经收过门票，后来取消了，是夏季避暑的一个去处。

线路：

内环到丁山湖，接近100公里。走渝黔高速，经过綦江继续往贵州走，20公里内有个指路牌指向东溪，且路边有人造小景观宣传，很容易就找到，下路后下坡不远就是东溪古镇。东溪有公路上丁山湖，路程大约20公里内，看见湖面绿树中有巨大的观音塑像，就进入了核心区。

关键词：

丁山湖

号称“重庆小西湖”，但这个名字并不怎么好，首先它少有人文景观，且远离城市，和西湖的特点完全不同。其实，它的特点在于900米的海拔，夏日度假比较凉快；因此当地在夏天还举办“歇凉节”招揽生意。

丁山湖平常人很少，但夏季周末游客较多，公路两边为数不多的农家乐、度假村有些应接不暇，甚至挂出“客满”的招牌。其实，这里更适合住上十天半月。因此，这里一些偏远一点的农家乐推出一个月600块左右的价格，尤其适合退休人群消费。这里湖面游船50块一小时，而如果说坐船去另外的农家乐，则船费是5块钱一个人。另外，丁山湖还是一些钓鱼爱好者喜欢的地方。

奔百里而看丁山湖，走马观花或许令挑剔的人略感失望。但丁山湖的魅力可以一是休闲二是探幽，由于接壤贵州，有断头公路通贵州，贵州境内为林中机耕道，风景不错；另外，丁山湖走四面山，也是一些驴友的选择。

东溪

比之其他古镇，东溪镇綦江河、东丁河、福林河三河汇流，比较难得，由于东丁河向东流入綦江河和綦江河自东而来，得名东溪。由于水路发达，在唐代这里曾经设为县，“先前曾阔过”，所以留下了很多古迹。一些拍电视的、画画的喜欢往这里跑。

有统计数据说，东溪拥有古建筑5万多平方。这里具备古镇应有的一切，建筑，庙宇、教堂、书院、大院等等，很多建筑都有一套一套的故事。有的房子地基部分的条石长度超过3米，正如内衣穿的名牌阔人，嘴里喊着“低调”。由于曾经辉煌，东溪和一般娇小的古镇不同，新建筑老建筑混杂，常住人口不少，或许没有想象的“古镇”纯粹，但其实很真实。这里黄桷树不少，据说总共有3 000多棵，是西南地区最大的一片。

古镇比较有名的小吃是豆腐乳和刘氏黑鸭。其实镇上各种饮食都很实惠，这里汤锅中煮豆花和肉类蔬菜杂烩，既好吃又很便宜，值得去吃一下。

漂流

贵州夜郎、水银河等漂流吸引了不少重庆人，这之后綦江地区也出现了一些漂流项目，东溪漂流，有旅行社组织，也有一些俱乐部在组织。贵州进入綦江就有河流与高速路平行，这一带不少溪水很不错，东溪不远的牛舌口等，也是重庆人喜欢的地方。俗话“大河没盖盖”，自己找个河边耍，也是很惬意的。

棺材凼

中梁山流向田坝、玉清寺的一条山间小溪，其中有个小潭，很小，却能淹死人，而且的确也淹死过人，当地人称“棺材凼”。

内环田坝下道，走陵园岔路进去，当然不进陵园，而继续走。跨过火车铁轨，到水泥厂周围停车。水泥厂边有个溪流，水色很不起眼，但溯溪小路而上，是爬中梁山的一条路，路的旁边就是溪流。

溪流边有个民房式建筑，为某矿泉水取水点，不远小深滩就是棺材凼。这个小潭当地人说得邪乎，最好别去游泳。取水点上行50米，溪水上筑有一坝，所蓄水潭四四方方，仅四分之一篮球场大小，是游泳好地方。

尽管水潭面积不大，但堤坝高度逾丈，潭水很深很凉，刺骨的凉。大热天，内环以内多数地方半小时就可以到这里，爬坡到半山潭中游泳，绝对无人干扰。这条路走上去，通汽车，中梁山上有尖刀山，是一个爬山的去处。

南山夜景

“一棵树”之外，另有几个看山城夜景的去处：

内环上清街下道，遇一棵树堵车时，不妨前面左转进雕塑公园，门票很便宜，大约是5元。进门后可停车，也可低挡爬陡坡直到山顶（车道很窄且有青苔）。山顶有农家乐，有观景台，站在南山最前沿山顶，可见两江。

南山丽景酒店在泉水鸡一条街，别墅区坡上一边是泉水鸡一边是长江，也有专门的观景台，不远另有一峰有铁旗杆。铁路疗养院（岚苑度假村）在这条街的右边（上山过老君洞右走），内有抗战达官贵人别墅，有专门观景台。这条街继续右走，两家著名火锅前下山走商学院，路上有观景台。其实，只要城内能看见的南山山峰，自己转悠，多有无人的观景去处。

中山镇

这一带依托四面山，风景秀丽，另外古镇也不少，走白沙方向，还有白沙、塘河、福宝、自怀古镇……

特点：

小巧雅致，小巧中具备古镇应有的特点，溪流、青山、酒旗风，比较纯粹，商业化雕琢融洽得当，不算过分。适合避开旅游高峰时候去。中山很小，可以做驴行的一个节点，也可以是游览著名的四面山的一个门前景点。

线路：

简单说，走四面山怎么走，离四面山还有20公里的地方就到中山，即主城到中山125公里。也就是说，过了江津长江大桥，不要进城区，过桥后右转，走李市方向，路上遇岔路问“四面山”，过收费站问“中山”皆可。中途右边一个岔路指向“陈独秀故居”，有兴趣的可以进去，小院中有陈独秀去世前的一些文物和照片。

关键词：

古镇

中山镇新旧之分在一个公路桥，桥下是溪流滩石，是个人人到了都照相的地方。古镇吊脚楼沿笋溪河一字延伸，小楼、溪流相互衬托。只要不是周末和大假，小镇的消费很实在。这里吃鱼吃肉，不妨要一罐咂酒，酸酸甜甜的，大概10块一罐，喝完又兑水，喝酒，也凭栏品小溪风景，直到喝淡，糊弄了嘴巴有了些调调而且不醉人，可谓功德水。

中山小镇，五脏俱全，打铁的、剃头的、喝茶的，一家挨着一家，另外，古称这里叫三合场，既是场镇也是码头，还有一些古迹让人慢慢去找。

周边

三公里外有龙洞水库。另外，往山里走，有著名的“爱情天梯”，另一条路有“斑竹园”可以徒步走到四面山的水口寺。四面山边，还有个清溪沟，也是帐篷族喜欢的地方。以前过江津走中山有好几个收费站，现在国家取消一些收费，到江津四面山、到武隆仙女山，过路费已经有所减免。

这一带依托四面山，风景秀丽，另外古镇也不少，走白沙方向，还有白沙、塘河、福宝、自怀古镇……

秋 qiu

成熟绽放的热烈，丰赡蕴含的静美，或者看到落叶纷纷如催债。大家们没有不写秋天的，我们走出去体会他们写的就成了。看一处秋山对秋水的缄默，品一种白酒对啤酒的不屑。

大寨湖

这里，既有公园的舒适感，也有天地间大风景，离农家很近，离大山很近，也离主城很近。就是知道的人少。

特点：

主城的边上，全部水泥路面。藏在马路边上的大寨湖又叫“双龙湖”，或曰“双龙水库”。两湖之间有一条断头的机耕道，道的尽头是小山，小山之外是大山。

线路：

气派的华福路走完，出洞子见有红绿灯十字路直走，不久有两条路，这两条路都可以上成渝高速江津站到江津大桥的路。这条路上有收费站，华福路上这条路，左边一条上来后可以看见左边江津的收费站，这时右转，到下一个路口左转，进大寨水库。另一条道则直接上高速到江津的路后不转弯，直接跨过马路，对面是一条水泥小道，小道上去是一条有弯的独路，走得二三百米就到大寨水库。水库边可以听见去江津那条路上的汽车声音，但千百次走江津，却在路上看不见水库。

关键词：

观景

机耕道上看风景最好，一边湖水浸泡林木，白鹭栖息，优雅恬静，另一边波光粼粼，宽阔浩大，中有小岛，岛上有树有草，划船上去露营是个好选择。这两个湖一阴柔一阳刚，梅虽逊雪三分白，雪却输梅一截香，很难说哪个更美，尤其是在两湖中间的道路上，360度都适合照相。

湖边杨柳摇摆，对岸林木高大葱茏，一步一景，尤其是深秋，这里开满野菊花，路上、坡上、水边，堆集、洒落，无处不在，让静谧的湖光山色活泼起来。

车辆还经过大坝进入水库背后的山中。当地人称，数公里外的山上还有庙。

垂钓

大寨水库有一个小而精致的度假村，长时间没有对外经营，也不提供餐饮。吃饭可以在这里接自来水野餐，也可以到百米外主干道边上的餐馆就餐。偶尔，这里有人钓鱼，10块钱一人，还主动给收据。一边钓鱼，也可以向水库管理人员要外边餐馆电话，餐馆可以送饭进来。

小度假村旁边有个木板房子，木板吊脚伸进湖面上。木板房有时候有一位老人看守，待人热情，这时可以在木楼的栏杆边钓鱼，纵然钓不到鱼，这个位置钓半天水波树影云影，也很值得。

这里，既有公园的舒适感，也有天地间大风景，离农家很近，离大山很近，也离主城很近。就是知道的人少。

风吹岭

风吹岭风大，很多山坡没有一棵树，全是灌木，但这些灌木中却有很多野生猕猴桃，你要摘多少有多少！

特点：

悬崖、瀑布，风很大，云很低。站在风吹岭上，山高人小，脚边山石嶙峋，有肥硕红花；水清石硬，抬头栈道横空接万卷书崖。

山谷险峻，群山博大，一派苍茫中有小桥流水；草场丰美，森林葱茏，恬淡舒适处有独峰孤城。800年前金戈铁马，而今云深车稀藏两三处人家。

重庆主城100公里半径内，或许这是第一个值得去的地方。

线路：

高速路金佛山路口下道，右转走金佛山。经过一个大的三岔路口时，旁边有汽修店铺和加油站，这里上右边的坡，即是走金佛山的正路。高速路过路费40元，上坡走三泉镇收费站7元，此后重庆境内无收费站。

三泉镇两溪交汇，右边行车小桥过去进金佛山，左边是加油站（这个加油站很小，有时候没有汽油，最好在过7块收费站前加油）。经过这个小加油站，不过桥而走左边的路，有指路牌指向“贵州道真”，这就对了。

这条道路是沿着风景优美的龙岩河（半河）走，大约3公里到代家湾，路边的凌家铺子吃饭。再走1公里离开河沟汽车爬山，刚转过上山第二个弯，弯边有石头修的房子（像一个景区收费站，非住宅，有个小凉亭），这里有石头修的小坝子，可以停六七个车。下车后有条唯一的小路，铺有石板，小路进沟，这是河的源头地段。当地人称“羊儿洞”，里面有古栈道。

离开羊儿洞上车继续爬山，转过这几个上山的大弯，道路又变得较平坦，为缓坡。左边一条路通山王坪（将另文专门介绍），直走全是很好的柏油路面。当远远看到公路上有个隧道时，如果是雨后，看右边会发现远处绝壁上有瀑布飞下。这是风吹岭水库飞下的瀑布，在山下成为河。这时，如果先进马嘴草场，可以从左边岔路上坡，走以前的老公路（比机耕道宽阔，但石子路有颠簸，路两边有高大的行道树）；如果先上风吹岭，可以继续走柏油路。

隧道名“风吹岭隧道”，洞长不到百米，但它是公路的最高点，以金佛山最高峰风吹岭命名。洞的两头都是下坡，出洞后大约20米有石梯小路上玛瑙城，继续行车约百米内，刚转过一个缓的山湾，右边有条机耕道，机耕道旁边立有一个农村写标语的那种砖墙“广告栏”，这条机耕道上山，大约3公里内，就是风吹岭水库。机耕道很窄，多数地方无法会车，上一个懒坡后，左边有个小的蓄水房可以勉强会车，再上一个坡，弯道处可以会车，如果下雨路滑，车也可以停这里。好在几乎无车走这条路，去5次可能遇见一次会车。

风吹岭栈道

风吹岭隧道很短，它的头上是古战场遗址。这条路继续走，大有镇过去是出省收费站，12元进入贵州道真县。这条路上继续走，可以游览道真的“石梁山”、大沙河，以及正安清溪河漂流，地形地貌就定了这一带处处风景。

关键词：

玛瑙城（龙岩城）

风吹岭隧道的头上是玛瑙城古战场，隧道两头都有小路上去，但道路很艰难。一旦你站在玛瑙城遗址上，你会感觉所有的艰难和危险都值得。

玛瑙城现在还留有宋末抗击元军的城墙等人文景观，而更令人震撼的是它的自然风景。它的险峻超过钓鱼城，站在山顶不移动脚步，隧道两边都能看见。绝壁下慢慢看出去，有无边的草场，茂密的水杉；横向看出去，是金佛山群峰，树茫茫、草茫茫、水茫茫、天茫茫。

风吹岭

隧道不远有机耕道上山，此山与玛瑙城比肩，上面有一个水库，夏天运气好，可以看见三股瀑布从悬崖上飞下来（龙岩飞瀑）。悬崖上白云出岫，云岫外是层层梯田，是个照相的好地方。

这个水库由于水太清，曾经有同行者放过钩，两天没有鱼的任何迹象。风吹岭水很凉，纵然是三伏天也“激”人。风吹岭风大，很多山坡没有一棵树，全是灌木，但这些灌木中却有很多野生猕猴桃，你要摘多少有多少！一群人去，曾经单人最高记录是摘了20多斤！2008年冬天，水库边烧荒种了很多天麻，如今秋天去，可以25块买一斤。

风吹岭的水好，石头也好，很多石头等人去取名字。悬崖那一块，对面有突兀如戴毡帽人头，沿着悬崖走过去，有一段是碎石无路，下为悬崖，试了试，碎石不太滑，就放胆走过去。于是，以往过车的悬崖就成了对面，这里我发现有三个岩石很像三个人头，像极了。此外，这里常有云雾涌出，云散间歇望悬崖下梯田也很好看。梯田之外都好看……

马嘴

马嘴本来指玛瑙城孤峰的形状，隧道边是围着孤峰的一条老路，路边有村落，村落有路通小河场，然后走贵州大沙河的黄泥洞，比桐梓、道真过去都近（只能越野车下去）。

玛瑙城脚下这老路边是茂密森林，森林间杂着退耕还林形成的草场，这片草场有多大不知道，总之没尽头，可以肯定的是全重庆的露营帐篷那里都能装下。这些草短而密，走在上面如走地毯，不少人脱了鞋袜走走跳跳，然后索性躺下。草和松林间有一些红籽、刺梨。草场低洼处有几处泉水，可供饮用梳洗，泉水清澈冰冷，流出的水沟被侵成乳白色，足见水中矿物含量很

龙岩瀑布

重（现在去的人多了，买断山林的重庆公司在那里修了个农房，房中有马嘴上接下来的水，更加方便），由于有水有草，如果想要三天，马嘴也是扎营的好地方。

马嘴尽管和风吹岭近在咫尺，但两者风格完全不同。风吹岭险峻苍茫，马嘴恬淡舒适，连那很远的几头水牛，由于草木丰沃，它们都低头不动一下身子，一如雕塑。你不看手表，不看树梢的微动，会以为一切都已经停止。

马嘴一带土地目前由主城的公司租下，留守人员谢先生电话13996825315，可以提供简单饭菜和线路咨询。

栈道

当地人叫羊儿沟，或曰羊儿洞、石板沟。这个沟值得看的是悬崖上硬生生开出的栈道，栈道尽头有石峰叫“万卷书岩”。

羊儿沟

羊儿沟上面有一家农户很是精明，一旦远远看见有人进沟，他就来当“导游”，然后邀请到他家做客。随他爬上坡，头顶上就是风吹岭，脚下面是溪流。他有很大的青石头铺成的院坝，整个农家干净舒朗。他会留你吃饭，会推销他的鸭蛋和新米，要价像个奸商。为了看他的青石板，倒不妨买几个鸭蛋。

温泉

三泉镇有温泉宾馆，泡温泉20元，人多可以讲团体价。宾馆内外边标准游泳池不是温泉，温泉在室内是个百十平方的池子。温泉宾馆对面是一楼餐饮二楼住宿的小旅馆，其中黑豆花不错。

凌家铺子

三泉走道真的车辆都在这里吃饭，山野风味，价格实在（电话

71481081）。纵然不是吃饭时间去，店里上下手脚也麻利，很快就会把竹笋炖鸡等端上桌。就是游览金佛山，知道这个店的，也会多走大约3公里过来吃饭。

东泉

南川通高速前，走万盛过去收费高且路不好，走东泉收费少且路好景好。如果有时间，这仍是回城路的一个选择。五步河五步柚子、东泉河对面的山洞、孔二小姐别墅以及温泉，以及烤香猪等等，著名的东泉商业配套齐全且很多，价格合理，如今还是值得游玩。东泉走南川方向过去几公里还有个被忽略的古镇双胜镇，无游客无商业，河上的桥很漂亮。

山王坪

山王坪石林不同于昆明、万盛、华蓥山的石林，树木、古藤、怪石相互夹杂，由于植被好、石头密，有钻迷宫的感觉。

特点：

石林树林交织，怪石密度很高，不同于其他石林。穿行其中一步一景，咫尺之外就可能迷路，不少石头小景很是别致。玉簪花种植基地，9月去，山坡上、田野间如铺就一层白雪，非常具有独有性。

线路：

走道真道路（风吹岭已经介绍），经过羊儿洞，上完几个上山的转弯路，右边有个小卖部，左边岔路有指路牌，“山王坪石林9公里”。这是一条机耕道，比较颠簸，但只要小心就不会挂底盘。

进去不远右边有个水泥岔路，那不是正路，是到一个农家的断头路。继续走机耕道，见有一个封山育林碑塔处岔路右转上坡，继续颠簸，快到山王坪时候右边有一个农家乐，车可以进去。不进去继续走，一个岔路有的

时候有养蜂人搭棚，这里左走，100米可以看见玉簪花基地和它对外经营的农家乐。

这里左边有个机耕道通往鱼泉、水江，直走就进山王坪石林。走到这一带，你会知道这近10公里的颠簸完全值得，而且会想以后还要来。

关键词：

玉簪花

这里是玉簪花基地，玉簪花漂亮且有药用价值，这里种植的主要用于出口。同时，银杏林场也是金佛山的银杏基地。9月，坡上坎下的银杏树下开满玉簪花，远远望去，如铺就的一层白雪，很好看，另外还有火星花开放，红的，如点点火星。

玉簪花

银杏林场可以接待外来游客，服务员态度不好，玉簪花泡酒价格也没商量，但值得转悠。银杏叶有药用价值，这里对外销售烘烤过的银杏叶。而玉簪花值得买少量的带回去，干玉簪花泡在水里不但好看，而且治咳嗽，价格是400块一公斤，20块买一两足够泡一年。如果你觉得服务员态度不是太恶劣，可以吃他们的汤锅，味道一般，但新鲜的玉簪花瓣烫火锅，享受。早上这里有玉簪花叶包的窝头，也很独特。这里菜品价格一般人可以接受，顺着服务员性子说好话，会玩得很愉快。毕竟，这里有重庆几样唯一的东西。

进入秋天，这里的银杏、枫林（都不粗壮）会上色，适合照相。而高大的水杉，适合吊床。

百合花

玉簪花开放的时候，银杏林场通往鱼泉的道路上，有一片风景绝美无人行走的地方。或许是因为四周没人，所以“绝美”。

路边怪石林立，嶙峋怪石上点缀肥硕的百合花，石林下全是草坪。花瓣硕大而孤单，独立特行，孤傲、寂寞于天地之间，让人起敬。这里很少有人，除了可以平视的白云、仰视的怪石，或许有几头黄牛，剩下的就你自己。如果你开的是越野车，不妨继续沿这条道走，你会看见山下有个廊桥，会看见洞中出来的瀑布。运气好还可以看见路上的野兔……

另外，这里春天的景色也很美，满山浅草点缀怪石，石头边是一簇一簇紫色的花，精美如人工雕饰，却盛开在高山无人处。

石林

走到山王坪，不进石林绝对是遗憾的。门票20元，团体可以讲价。

石林拦车收费的门口，有个农家乐，主人唐女士待人热情，饭菜味道好，而且价格实惠，普通菜的味道似乎超过凌家铺子，而她的羊肉汤锅，红汤的味道更是极好的。这里吃饭、住宿、搭帐篷都很方便。老板唐红梅电话：71462013、13996757589。

收费处进去左边机耕道4公里到石林，道路比较平整，两边是松柏树林，树林下有不少天然草坪。如果有时间，徒步走这4公里也是享受。

4公里里边的山王坪石林，不同于昆明、万盛、华蓥山的石林，树木、古藤、怪石相互夹杂，由于植被好、石头密，有钻迷宫的感觉，而且可以伸手摘到野生的猕猴桃。很多石头奇特得难以描述，总之，比较其他地方，20元门票太便宜了。

"芦苇荡"

山王坪公园前有木质牌坊，进去方向左边有岔路，开车进去后，天高地广全是玉簪花。这里有水泥步道下坡，坡下“芦苇”浩荡，尤其是秋天，让人惊呼。至于这是芦苇还是巴茅，城里人是分不清的，总之相当的好看，是所有人的共识。

海子湖

溪流上游半耕半荒，溪边很多地已经荒芜，不少地方野草比人还高，穿越其中颇有趣味。

特点：

地处主城区的山野农村，红旗河沟到此约40公里。一条不大不小可以游泳、野钓的溪流，野草、堤坝、滩石惹人流连。可以玩过偏岩、金刀峡后，回来路上走马观花；也可以专门到溪流上游野餐、露营。庐山村、海龙湖、海子湖互为邻居。

线路：

机场道或金开大道到渝北两路，然后走水土方向。约10公里经过庐山村再走数公里，道路左边有指路标志指向“海龙湖”，实际上在公路上可以看见海龙湖高大的牌坊式大门。公路继续前行100米，是跨过河沟的公路桥，桥的两头右边都有路和招牌，前往海子湖。其实，这里是“复线桥”，一高一低两桥并列，高者是通往水土、偏岩的公路桥，低者是海子湖堤坝上架的行车桥。

行车桥两路一端有机耕道沿溪上行，水土一端一条水泥迎宾道也是沿溪流上行，另有一条小机耕道，沿着旁边溪流的一个小支流伸向青山深处。

水泥迎宾道前行，不久可见海子湖度假村，再前行数十米是农家乐。再往前是机耕道。机耕道上继续前行，不久岔路一个上山一个沿河走，两条路走不多久都到尽头。沿河机耕道不见黄土，而是青草铺地，道的两旁灌木丛生，春天山花烂漫。尽头停车，坡上10来米地方有两户农家，一砖房一土房，可以借他们水龙头流出的山上井水野餐。两户农家都待人客气。

关键词：

草滩

由于这条山沟搞旅游度假，溪流上游半耕半荒，溪边很多地已经荒芜，不少地方野草比人还高，穿越其中颇有趣味。另外有几片平展的草滩，青草密而短，徒步走到这些地方，忍不住会躺在上面。再上游是正在修建的二环的大桥，青草、清溪、大桥、数丛竹木，实为照相的佳境，360度无人“偷影”。

石滩

沿溪流而上，很多地方已经荒芜无路，可以上山坡再下山坡到溪流边。二环正在修建中，可以上高速然后到大桥边下到沟里，沿溪而下，惊飞林中野鸡。拨开荒草灌木继续走，有两处石滩各具有特色。一个石滩是多块巨石横在溪流上，尤其适合照相。另一片是响水滩，溪流漫过、穿过大片石滩，喷珠吐玉，可以在石头上左窜右跳过溪，也可以涉水而过。这里再下游是个漂亮的大坝，右边荒草丛生，可以涉溪而过，对面是农田，走田坎到大坝再爬山下山回到机耕道上。

饮食住宿

海子湖、海龙湖、庐山村都有度假村，不乏名车光顾。这里离渝北两路不远，也可以两路吃饭或者农家借水野餐。

古剑山

地图上看清溪河，发自贵州，经江津四面山到綦江，在江津地段，是驴友中著名的“清溪沟”。

特点：

交通便捷，风景齐全，性价比很高。而且，这里“有求必应”，喜欢登山、露营、钓鱼、吃喝打牌的，皆能找到自己的乐子。古剑山又叫“鸡公嘴”、“鸡公山”，最独特的是奇峰突兀而起，峰上有寺庙，值得一游。

线路：

主城上内环到綦江，然后到古剑山鸡公嘴下，里程不超过80公里。高速在綦江下道后，几十米外加油站前转盘左转，进入城区，“一直朝前走，别向两边看”，你就会过一个大桥，然后右转再“一直朝前走”，见到一个指路牌指向左转“古剑山”、“陵园”，就左转离开城区进入农村，10来公里路程后，到鸡公嘴。

綦江到鸡公嘴13公里，也可以乘公交到綦江后，30元打的到山上，另外城区有上山的面的，一切很方便。

关键词：

鸡公嘴

这片风景区的精华之一，就是山上突兀起一个山峰，成为山上山。有人说整个景区叫鸡公山，这个山峰叫古剑山，因为这里曾经发现一把古剑；更多的人说景区叫古剑山，山峰像鸡公嘴。从多数人说法，叫它鸡公嘴，这个鸡公嘴值得爬上去，因为上面有寺庙，有悬崖，风景不错。

这个突兀的山峰和圣灯山有一比，似乎更高，山峰海拔1140米（一说1 007米），而门票却非常便宜（5块）。有舍生崖、石径通天、石马、顽猴石、公鸡石、摸儿洞、撑岩、棋盘石、云中石笋、禅洞等景观。

水库

古剑山有好几个水库，各有千秋。其中过鸡公嘴，水泥路变机耕道，不到两公里的一个水库少有人去，偶尔有一两个钓鱼人，比较幽静，景色宜人。而在鸡公嘴之前左转进岔路，也有水库，有不错的草坪，适合露营。

古剑山上度假村、农家乐不少，不愁吃住。如果作一日游，鸡公嘴三面悬崖一处小路，小路接水泥公路断头处，这里有农家餐馆，价格便宜，味道不错。总之，这一带吃喝和交通一样方便。

清溪河

綦江打算将古剑山和清溪河整体打造成4A景区，以后这两块会修公路连在一起，而现在，去清溪河得另外走一条路，比古剑山远，但这个地方值得提一下。

地图上看清溪河，发自贵州，经江津四面山到綦江，在江津地段，是驴友中著名的“清溪沟”，流到綦江以后，两岸是竹林，最妙的一景是山和水形成太极图。

另外，清溪河边不远的长田林海，也是驴友喜欢穿越的一处地方。

涞滩

“涞滩”两字有水，实际上，真正的涞滩是下镇。渠江以前在这里有水码头，因为码头然后才有集市村镇。

特点：

建筑有独特的瓮城，寺庙里有著名的二佛，襟带婉转的渠江，接邻秀丽的双龙湖，并非“著名景点”，但你知道涞滩的滩在哪里吗？涞滩其实分上镇和下镇，渠江边的下镇才是真正水码头，少有人去。比之中外著名的钓鱼城，涞滩似乎留人时间更多。

线路：

渝武高速修建以前，到了合川城，还要走几十公里才能到涞滩。现在渝武路通车了，过合川不下道，直接到“涞滩”路口下就是。简单、便捷。

关键词：

上镇

有二佛和瓮城这两个很了不起的古迹。

瓮城是用于战争的，城墙下有藏兵洞，敌人一旦进来，可以关门打狗瓮中捉鳖，故名瓮城，古镇实际上也是古寨。

古镇的寺庙分上下两处，上边的是毁后近年重建的，下边的寺庙供奉的就是二佛。二佛殿实际是一幢楼，围绕二佛修的，庙门平街，进去后就是楼上，楼为中空，二佛的头从这里伸出来，从楼梯走下来，然后是佛的身子、脚板。这是释迦牟尼佛，坐在那里就有12.5米高，依靠岩壁开凿而成。佛像旁边不远有个小水池，据说喝了好处多多。

“二佛”往往使人想到乐山的大佛，以为乐山第一合川第二，其实这是个误解，二佛的“哥哥”是铜梁的佛像，据说是依据建造的前后区分，铜梁大佛、合川二佛。

下镇

古镇青石板穿街而过，出城门是石板小路。这条路通往鲜为人知的下镇，一路上是柑橘林，开花季节有阵阵花香。

“涞滩”两字有水，实际上，真正的涞滩是下镇。渠江以前在这里有水码头，因为码头然后才有集市村镇。下涞滩的人称，刚解放的时候，大家分土地，愿意分土地的住在下镇，没有土地的住现在的涞滩（上镇）。那时大家争着当农民，于是就选择了热闹的下镇居住。现在看下镇，虽然没有瓮城这类建筑，但青石板长街，可见当年的繁华。长街两边是老房子，房子门对门，一边靠山一边靠水。

这里招待客人不用茶水，而是用藿香或者薄荷叶泡水。这两种东西田间地头到处都是，既节约了茶钱又有益身体。走到下镇，有兴致不妨挖一株藿香回来种在花盆里，有朋友来，摘两三片藿香叶泡在水里，不仅喝起来别有滋味，而且新鲜叶子生动好看。

游览涞滩，看足人文景观，不妨把不远的自然景观双龙湖一并游览。

百里竹海

面积1 100亩的竹丰湖碧如翡翠，环湖公路穿行于竹林之间，湖的一半藏于幽谷之中，颇有小三峡的风骨。

特点：

梁平百里竹海没有永川茶山竹海名气大，一是因为距主城稍远（有180公里），二是景区尚未开发（也不收门票钱），一些风景秀美的景点并不分布在公路边，而藏在岭谷间。

正因为其“自然大方”，漫山14万亩翠竹号称西南地区面积最大的竹海，在梁平当地也是自驾游首选地。进山更有明月湖、竹丰湖，乘小舟或竹筏看竹环绕湖、湖倒映着竹。特别是每年春、夏，竹海绝对是个踏青、消暑的好去处。即使盛夏，那儿也得捂着被子睡觉。

线路：

渝万高速公路在垫江可下道抄近路（重庆至垫江高速路收费80元），走老渝巫（山）路省道，30公里到达梁平屏锦镇，随后沿318国道向西（向东则到梁平县城）1公里就爬山。进山口就是明月湖，湖尾过桥就是景区的标志，向右沿一碧溪水走，一条水泥公路直贯竹海，20公里到达竹丰湖。

而回来则有三条不重复的线路选择：

一是从竹丰湖、小峨眉山到梁平虎城镇，经袁驿镇（当地豆干比较出名）到四川大竹，捎上几罐大竹醪糟，走渝达（州）高速路返城。但这条线路有三四公里路程，路况不是很好。

二是从竹丰湖折返11公里，近竹山镇时向右爬盘山公路，到梁平袁驿镇，走四川大竹上高速路返回。

三是从竹丰湖折返7公里，在猎神村向左稍爬200米坡道，再一路下山，3公里沿途看巨石兀立的雄奇山姿，随后从山下一煤矿走4公里到达梁平明达镇，再走20公里到梁平县城上高速公路返城。但这条路的2公里下山路也要2009年内才会硬化。不过，返途可选择去西南名寺双桂堂看看，再从梁平云龙上高速路。

关键词：

观音洞

有溪有谷，有潭有竹，有小庙有竹楼，有香火有接待吃饭的。是竹海第一个稍加开发的地方。进半山上的凹洞小庙，要收3元门票，这是百里竹海唯一收费的地方。神奇的是，洞中一涓涓清泉，长年不枯，清纯甘洌，是真正的矿泉水，因此先预备几只纯净水瓶装水，免得后悔。

吊脚楼仿古农家乐：从观音洞再走7公里就到，位于猎神村公路坎上。真正的吊脚木楼，主体则是二重檐结构，青瓦白墙，爪角飞檐，建筑面积上千平方，颇具气势。从主城出发，到此吃午饭正合适，竹笋炖鸡是特色菜。饭

后可花5～10元睡个午觉，标间有独立卫生间，算是干净。店主设有免费看斗鸡和古装免费照相项目，古宅古装，很有韵味。即使不在此吃饭，也应停下来留个影。店主电话是5363 9053。

竹丰湖

面积1 100亩的竹丰湖碧如翡翠，环湖公路穿行于竹林之间，也可花三四十元乘游船绕湖一周，湖的一半藏于幽谷之中，颇有小三峡的风骨。翠竹、小舟、竹筏，运气好还可看到水鸭子游弋湖面。

小峨眉山

毁于文革，近年复建的古庙。位于竹丰湖西峰背侧，绕五六公里公路才能至。如果想爬山，从当地峨眉桥畔的煤矿侧攀登约2公里，一路石径秀竹，空气清新滋润五脏六腑，实在惬意。庙藏于密林间，殿宇巍峨，佛像高大，凭栏但见山前五峰兀立，如狮奔跑而来，名为“五狮朝圣”。特别是背倚松涛，西眺山下万顷平畴，看远方薄云绕山，那真是不想回城。

孔雀谷 金刚碑

老街沿溪流而建，溪流流入嘉陵江，嘉陵江似乎也特别厚爱金刚碑，给了它一个江湾几点礁石。

特点：

孔雀谷交通方便，配套完善，自驾、徒步皆可。谷中可以钓鱼，山上龙脊可以远眺。由于知道的人不是很多，是一个相对幽静的地方。如果不过夜，可将孔雀谷、金刚碑串联起来玩。

线路：

高速路北碚下道，走近北碚城区边缘回头，过龙凤桥，然后换挡爬山，走龙车寺。龙车寺围墙边左转下小道，山中林木茂密，大约一公里就到孔雀谷停车场。游玩孔雀谷后，下山穿过北碚城区走北温泉方向，刚过缙云山高速路口，右转下坡就是金刚碑老街。

关键词：

孔雀谷

内有度假村（电话：68267777），建在山谷中。山谷四周环山，中间是个小湖，小湖可以钓鱼，湖中水据说是山水形成，度假村自称鱼好吃。这里钓鱼多为鲫鱼，10块一斤，钓起来加工上桌，加工费10块；不钓鱼只吃鱼，也是20元一斤。这里拿手的是干烧和泡椒鲫鱼，放进嘴里果然如度假村自称的好吃。

“度假村”比一般农家乐装潢较好，而四周的山可以爬，又比一般度假村多一些野趣。四周山峰以进门右边的山峰为好，爬上山脊，山风吹微汗，脚下是三溪口。于是，这里也适合徒步登山，三溪口下道，右转，行2公里样子看到路边很多豆腐鱼店店时停车，左转上山，走40分钟就到了。

金刚碑

这是去缙云山、北温泉的游人往往忽略的一个地方，正因为这种忽略，才使金刚碑保持了古朴的“原生态”，街上唯一的一家小餐馆，卖豆花饭的，也是2009年春天才开张（电话：68289515）。

这是一条堪称完美的老街，如果要挑剔，你只能挑剔它没有卖麻花糖关刀，没有旅游商品，也没有卖任何真假艺术品的，没有一个商店，没有一个生意人。唯一的“豆花饭”也是开在自家小院坝的，如同到朋友家吃饭。

这或许是一条绿化密度最大的老街，尽管整体面积很小，但几乎被大树全部遮盖的老街，其美感不让任何所谓古镇。每一棵巨大的黄葛树，每一壁石头上的树根，每一间房子每一个角度，都可以让你坐下来，看上半天。

老街沿溪流而建，溪流流入嘉陵江，嘉陵江似乎也特别厚爱金刚碑，给了它一个江湾几点礁石。金刚碑可以半小时走完，但嘉陵江在这里似不变似万变的浪花，也可以留你一个下午。

在冬天去冷的地方，在年关找猪的肥膘。玩雪、杀猪、出汗。

适当走一下路，等于到姜氏推拿店按摩。但休闲不是自虐，大冷天的还是自家的床温暖。所以提供的几个去处，都可以当天来回。

华蓥山高登寺

有的石头边绽放桃花、梨花，不成片，或稀疏三五株，或抱团十来株，在无人的大山上，“寂寞，勿忘我”。

特点：

1 800米华蓥山主峰高登峰上有高登寺，华蓥山4A级景区就在寺庙脚下。

鲜为人知的后山风景，水泥道路无车无尘，怪石寂寞，春天的桃花梨花寂寞，20公里的寂寞山路，山是你的，云是你的。直到登临绝顶你才豁然开朗：原来这条路到华蓥山比地图和各种宣传说的路近多了，也漂亮多了。

高登寺有和尚，还有一个80岁管理杂务的老人。一般旅游旺季，和尚会到景区里的寺庙去，高登寺白天多数时候就只有老人一人。这个寺庙2008年上半年前属于4A景区的一个风景点，由于是整个华蓥山的最高峰，游人游览了“千年一吻”等景点后，往往余勇难存，很少再爬上来。2008年下半年开始，人们用木棍象征性封闭景区的“游击小道”，高登寺就划在了景区之外。这里庙宇宽大、食堂宽大、平台宽大，连厕所都是宽大卫生的4A标准，可就是很少有人来。所以，一旦上到高登寺，老人对来客都很热情。庙宇前的几个平台，可以打羽毛球踢足球，摆上帐篷也很惬意，刮风下雪，空旷的大食堂搭帐篷，主人也欢迎。

线路：

机场路尽头是通往邻水的老公路。经过渝北的木耳、兴隆、茨竹出境到邻水的坛同，此后这段路右边是一条河沟，高速路通车前，这条老路上的河沟，竹木茂密，水鸟盘旋，河水清澈，只见风光不见游客。现在沿河人丁兴旺，水不是很好，但停车给橡皮筏子充气，玩上一回还是很不错的。

这条河其中有条溪流是华蓥山流下来的，名叫龙须沟。沿着这条河走，在一个桥头左转离开主干道进山，公路变窄，但因为车少，路面反而好一些。河沟支流越走越清澈，这就是龙须沟了。沿着沟走到大山脚下，龙须沟已经改名叫“洞府天河”，已经成了一个开发出来的旅游景点。这条路支路下坡略1公里是洞府天河景区大门，而不下支路，继续上山，20公里就开到华蓥山最高峰。

这20公里是极好的水泥路，如果多走几次这条道，偶尔会遇见一辆拉煤的车或者一辆摩托，也可能20公里走完，一辆车也看不见。上山的路弯急路陡，上得几层急弯半山比较开阔，偶有几户农家，大概上了半座山。继续上山，转过一个山弯，会看见歌乐山三百梯那种石墩两个，横陈路中央，卡车、大客车过不来，只能小车通过。通过石墩就是下坡路，下坡3公里就是华蓥山红色景区大门。

通过石墩，立即停车。左边有一条上坡机耕道，这就是通往登高寺后面的一条山道。这条道有时候有泥土填埋正公路的排水沟，小车可以直接开进去，有的时候是挖断的。停车这里没有人经过，当天回来问题不大。如果要过夜，不妨将车辆停在3公里坡下景区大门停车场。

机耕道适合徒步爬山，大概半小时出得一身汗，就来到高登寺的背后，寺院围墙外有小路，绕过围墙进入寺院。

这里提醒一下，以前寺庙平台边有指路牌，可以通过两米宽规整的石梯道进入景区其他景点，也可以走左边一条林木遮天的“华蓥山游击队游击小道”进去。现在指路牌变成了提示牌，提示主动寻找景区管理人员补门票。

自驾回程如果赶时间，下山到坛同可以上渝邻高速，这里到渝北沙坪下道，高速路费只有20多元。也就是说，凡主城走渝邻高速，皆可过机场路后，经过翠云水煮鱼走长寿老路，在沙坪上高速，收费节约15元。

重庆走华蓥山，绝大多数车辆是高速走到邻水，再上邻水广安高速，然后在其中的路口下道，看一下地图，这是绕过整座华蓥山，再上山。而走坛同，是直线。如果看雪，纵然南川有了高速，仍比这条路远。

关键词：

泡椒兔

建议走渝邻老路，一是没有过路费且里程一样，二是仅仅因为茨竹的泡椒兔子，也值得这样走。这家大概不到100平方的餐馆，不仅兔子做得好，鱼和鸡，以及其他家常的红烧猪手等也做得好。一些工作、住家在渝北两路的人，甚至专门跑数十公里去吃。

放牛坪

茨竹出去有一个过境收费站，收费站前左边有一条路通往放牛坪。看梨花、摘梨子的季节这条路值得进去。放牛坪一座山全是梨树，山顶有度假村、农家乐，有近年修建的观景亭。观景亭停车方便，搭帐篷也方便。观景亭继续往里走，新修的道路行车很舒适，森林中几乎无人。实际上，走渝邻老路，专门去放牛坪，一天或者两天，也是不错的选择。

桃花、石桥

进龙须沟不久，沟上有个石桥，溪水青山陪衬下，可以停车照相。上山几个弯道处远望大山深沟，雨后云在山腰。大雨后，路边可以看见瀑布。半山过后，华蓥山石林的石头已经关不住，跑到了景区外边，山上到处可见，等你去取名字。有的石头边绽放桃花、梨花，不成片，或稀疏三五株，或抱团十来株，在无人的大山上，“寂寞，勿忘我”。

野竹笋

公路最高处石墩边停车走进山机耕道，路上全是笋壳铺路。这里全是长不太高的野竹子。有时候山下山民会开摩托上来，风餐露宿，挖几口袋竹笋下山。野竹低矮茂密，弯腰进去，不久就可以弄一盘菜带回去。

著名景点

高登寺下天然大盆景是国家4A级景区，最著名的是石林中“千年一吻”景点。景区比较大，如果要尽兴，足可以走一整天。大门口有免费的资料，大门内外皆有宾馆。另外，重庆方向山下“洞府天河”也有独特的魅力。而走多数车辆上山的路下山上高速，离广安已经不远，“小平故居”已经免门票，对面的农民新村几乎家家都开农家乐（其中一家电话：0826—2413566），尤其是离路口较远的农家乐，不乏价廉物美的餐饮住宿。这些农家乐接待规模巨大，任何时候去了都是买方市场，不用愁住宿和饮食。此处再往前走是伟人祖坟所在的佛手山，而往回进城区，思源广场也值得游览，正对广场看出去，右边第一个巷子有几家餐馆，其中的“怪味江湖”味道好，价格公道。另外，广安盐皮蛋挺有意思，蛋清是皮蛋，蛋黄是盐蛋，一蛋两制。

大洪湖

“五月南塘水满，吹断，鲤鱼风；小娘停棹濯纤指，水底，见花红。”大洪湖有水乡韵致。

特点：

一半在邻水一半在长寿，大洪湖是钓鱼者的天堂。它的风景不在湖上而在路上，至于钓鱼爱好者趋之若鹜，在于邻水地界网箱鱼密度大，湖水“肥”了，网箱外的各种鱼儿特别多，成心钓鱼，有人临走用箩筐抬鱼走。而不论钓多少，钓鱼收费都是一人10元。

线路：

渝长高速晏家下道，大路走八棵镇，十字路口左转，然后逐渐上山。经过芦池到长寿的洪湖镇。镇上有电站，电站下游不少垃圾，但铁杆钓友喜欢这里钓野生鲶鱼和黄蜡丁。经过洪湖镇走邻水，交界处有小额收费站，进入邻水后，养鱼人李二哥（电话13568390556李钟全 ）可以提供少量车位，然后坐他的船，到湖心他养网箱鱼的趸船上钓鱼。

回程可以选择环线，走统景回重庆。大洪湖到统景路不好走，一些地方是机耕道，但风景很好。统景回城老线路是石船之后上老长寿路，路面不好；现在走复盛上渝长高速，石船到龙兴，龙兴到复盛的路也不好。可以走古路或者高咀上渝邻路回来。

关键词：

鱼趣

大洪湖四周都可以钓鱼，李二哥的趸船上吃喝住宿钓鱼一条龙。

这里趸船连着网箱，网箱表面看着不大，但却很深，体积很大。每当撒饲料的时候，鱼儿纷纷挤出水面，尾巴摆动声音密而响亮，如点燃一串鞭炮。

网箱是有洞的，自然就有不少饲料散落、漂浮到网箱之外，所以这里可以用鱼竿钓鱼，也可以直接鱼线上拴个钩，坐在网箱边，就有不少鱼上钩。趸船周围，分明能看见许多七八寸长的翘壳来回游走，很容易钓，甚至感觉伸手就能抓到。据说，有城里人冬天来钓鱼，两天时间钓了200多斤。

船上吃饭，最主要的自然是吃鱼，有的水煮，有的清蒸。由于常有来客，所以菜品味道不错。趸船上面有正厅有客房，可以接待游人住宿，而趸船晚上停靠的李家运输用的机动船，船舱里搭帐篷别有滋味。

风光

“五月南塘水满，吹断，鲤鱼风；小娘停棹濯纤指，水底，见花红。”大洪湖有水乡韵致，但由于水产养殖兴隆，湖水比较“肥沃”，纵然游泳也略嫌较脏。该湖面狭长，旁有青山，落日映在水面，还是比较好看。也许，路上的两处风光更值得看一些：八棵镇翻山到大洪湖，山上有森林和度假村，可以游玩和住宿；大洪湖走统景，路不好，但御临河上游风光很好，春有油菜秋有稻花，溪流草坪不时出现，不少地方可以停车搭帐篷玩水探幽。

铁山坪

铁山坪步道，是铜锣峡山壁上铺就的，很多地方可以看见下面的长江，但植被丰茂，好看而不感觉危险。

特点：

五里店走海尔路到铁山坪，通衢大道只有20多公里即到。由于近年设施完善，游人渐多，其便捷舒适都可以比肩南山、歌乐山。尤其是它的森林步道，很有特色。

线路：

过月亮湾进铁山坪大门后，第一个岔路左转是上铁山坪的传统线路，而不转弯直走，可以走一个环线后同样到铁山坪国防乐园。如果不转弯直走，上坡第一个弯道停车，这里就是西山门，徒步走森林步道的理想起点。

森林步道有三个地方停车步行比较好，其中，西山门停车有一小块专门的林边停车处，公路对面有公厕。西山门是一个公路转弯处，通往步道的路边，有详细的森林步道地图，公路前方100米内，有两处泉眼，时常不乏带纯净水桶来接水的人。另一个停车地点是继续沿公路前行，过西山门后有岔路，左边上坡是曾官寺，靠右继续前行（其实右边森林中就有条步道与之并行，也可随时公路边停车，走入林中），公路一个左转弯的地方，公路右边是一个农家乐，有专门的停车场，这里右临悬崖，地名叫“虎头岩”。走森林步道，还有一个停车处是铜锣峡温泉门口。经过月亮湾后，铁山坪大门边右转岔路走望江厂（由于江边有滚装码头，如今行车要注意避让货车），下完坡后公路与长江并行，铜锣峡有两处温泉，前面一个靠江，后面一个靠山，在第一个温泉处停车，如今温泉开始有人过问，这里停车可买温泉门票再爬山。

关键词：

西山门

此处停车步行，好处在于可上坡可下坡，步行强度大小可以随意掌握。铁山坪铜锣峡边的步道，形成了大小几个环线，西山门在环线的中段，进入林中，下坡可以走到“樟林忘返”的一片高大的香樟林中，上坡可以走到虎头岩。

西山门进入林中，十米之内就有一个小观景台，下为铜锣峡，不远有泉水，观景、简单野餐皆可。再往里走有两个观景亭，也是不错的观景和休息地方。

虎头岩

悬崖边可以一边吃饭喝酒一边观景，因此这家农家乐生意很好，铁山坪几乎家家拥有“花椒鸡”，这家的味道也不错。沿虎头岩长江上游方向回走，下一个石梯陡坡，有一处比较大的观景台，这里继续向下，可以走到江边到望江的公路上，横走可以到西山门。步道一般在此为尽头，再往长江下游方向走，有“五块石”悬崖，以前有小路可以攀爬上下，如今也修了一米宽的步道，这一带树木遮挡较少，可以远眺。

樟林忘返

温泉停车，走公路对面石梯，可以进入林中“樟林忘返”地段，这里有公厕有很多散在樟林中的石凳石桌，是一个拴吊床的好地方。由于不论是温泉上山还是西山门下山，都要走数百米梯道，所以游人不多的步道上，这一带人更少，很是幽静清爽。值得一说的是，修建得很好的铁山坪步道，尽管游人不多，但时刻都打扫得很干净，是主城不可多得的一个好去处。

铁山坪步道，是铜锣峡山壁上铺就的，很多地方可以看见下面的长江，但植被丰茂，好看而不感觉危险。植被依次而下，分别是松林、樟林、竹林。长江上游方向的竹林中，同样有修建完好，打扫干净的步道，而几乎没有游人。这里步道特色分明，且可以爬山后泡温泉，车程短，性价比很高。铜锣峡有两个露天温泉（另有室内温泉），白天10元一人，晚上7点后20元，是收费温泉中比较便宜的，并有公交车经过。

寂寞桃花

不论南山、歌乐山、铁山坪，都不要轻言已经熟悉。这座山在江北区境内叫铁山坪，在渝北区境内叫玉峰山，经过国防乐园一条路不转弯，出铁山坪到玉峰山，过温泉宾馆后，有段路上无农家乐。这条路在可以看见几户农家的地方，有一条机耕道左转上一个山顶，车不容易上去，可以停车步行，爬山百米到小山顶上，小山背后全部是桃花，除了偶尔的鸟鸣，空寂无人。

龙兴镇

俯瞰直直一条新龙兴街，青瓦铺存，檐下红柱雕窗，街上人头攒动，熙来攘往，一派龙兴上河图也。

特点：

主城边上的古镇，交通方便，适合冬天不过夜的一日游。古镇有新旧之分，相映成趣，旁边有御临河，蜿蜒出一些风光。

线路：

从北环上道，走“渝宜”方向26公里在“复盛”下道，过路费20元（铁山坪上道10元）。二环通车后将不再收费。二环即内环延伸到复盛镇，轻轨江北区终点站。以后不再有过路费用。下道后一条路经复盛镇街上前行3公里，路边即“郭庄生态园”。再前行3公里就是龙兴古镇。龙兴古镇也是到统景的路线。

另，下道后，也可先左转上华山，经过渝怀铁路“庙坝”火车站，上有一个梅花山庄，地处半山。山庄后为一层一层人工栽种花木，从半山到河边。初春之季，可俯瞰满山梅花。远处可眺望逶迤流去的御临河，天光之下恍如玉带。如有阳光，极目望远，波光粼粼，远山层叠，一片大好河山。

龙兴耍完之后，可前行7公里，那有一个排花洞。为溶洞，门

票60元。御临河流经此地，两边为崇山峻岭，似为三峡，风光优美。夏天可以划船、游泳。

关键词：

古镇

龙兴古镇分为老街和新街。老街逢3、6、9赶场，有竹木器竹器市场及农用铁具市场等，人声鼎沸，热闹非凡。老街上现在完好大院有“百家姓祠堂”，楼高三层和一个戏台，中有天井，存一石缸，养芙蓉数支。祠堂从一层到三层分刻百家姓石刻，介绍中华百家姓氏的由来、传说、源流等。如说“吴”姓，源起于吴国吴王夫差等，此祠堂可看上一小时。老街有一寺庙及道观共存，香火不断，算一去处。街东边有一保存完好的清代“刘家大院”，门票5元。大院为清代刘姓主人买官至此，建面数百平方米。院内有书房、小姐楼、佣人居所、客厅。值得一提的是有一完好的雕花古床，视为镇院之宝。此院保存完好的原因，是在文革期间为政府办公之地，没有受到破坏。

龙兴新街。出老街后街口，有一手工挂面工坊，挂面挂在石板坡上的木桩，甚为壮观。过街口数十米，穿过公路即为龙兴新街的大门。新街两百余米长，为仿古式街道，小溪环绕，周边约有树木，芭蕉数支，绿阴匝地。大门两边设石狮，下石梯，过雕栏石拱桥，即上新街。街上有茶楼戏台，出街口有一新建仿古城门洞。城门上亭台俱存，雕梁画栋，四周女儿墙。俯瞰直直一条新龙兴街，青瓦铺存，檐下红柱雕窗，街上人头攒动，熙来攘往，一派龙兴上河图也。城门外是广场，有数座中华名人雕塑，边上为仿古酒楼。可停车、休闲游玩。一条大道通龙兴场口，两边为新建商品房。

郭庄

在去龙兴半路上，即复盛镇与龙兴镇之间路边，有一“郭庄生态园”。仿古式四合院式建筑，进大宅门、二院门，即为天井，有一大石榴树。左右各为乒乓台，庭花数坛。穿过中厅，后有石板铺就的院坝，内设长廊，环廊栽种蔷薇、迎春、栀子花。数把竹靠椅，可打牌喝茶。廊下设两金鱼池，打牌养眼两不误。庄园可以食宿、棋牌。吃三顿住一晚为80元，电话是67585210。庄园也可自行点菜用餐，丰简自便。房间标间，非常干净，推窗即见芭蕉、梅花树等，远可眺华山（地名）层叠更次分明。房间有电热水器、电热毯、空调。有多功能厅，可唱歌开会。因经营者为重庆某公司多为自用接待来宾，因此陈设非常整洁、环境优美。食用鸡鸭鹅及蛋，全为下院专人自养，绿色食品。庄园面积约108亩，有池塘钓鱼、休闲山坡、桃花、梨花、樱桃、枇杷等果木，院外有数亩荷花。

出庄园行走20分钟后，可到御临河，为统景之溪流下游。此河两岸风光旖旎，石滩洁净、绿草如茵。岸边可露营、划船。玩耍完后可回郭庄生态园吃饭、休息。白天可以耍龙兴古镇。

路孔

“路孔”据说原来叫“六孔”，说是一个和尚云游到此，得神仙点化，神仙说“路孔连体”。

特点：

一水襟带两个古镇，路孔繁华、珠溪质朴。丘陵地带，成渝通衢，人文、自然景观丰富，尤其是一桥卧水，为了行船直桥带拱桥，颇有特色。另外，谢家酱油历史悠久，荣昌卤鹅味正肉香，还有凉粉、粉蒸泥鳅等，都值得一吃。

线路：

由于路孔知道的人多，珠溪知道的人少，重庆去路孔，往往走到荣昌再到路孔。其实，不妨走个小环线：双桥区下成渝高速，以前是乡间道路，现在据说已经是柏油路了（且有公交车），12公里即到。珠溪镇停车，渡口坐船游览珠溪、路孔，回程可以走荣昌，买点卤鹅再上高速回重庆。

关键词：

珠溪

数年前遭遇大火，加上宣传、建设落后路孔，本来绝不亚于路孔的古镇，现在只能说“可惜了”。不过，行船珠溪，自然风光很好，两岸山不高、地不广，却恬淡秀丽，河上有桥且很独特。这条河叫濑溪河，由龙水流过珠溪然后流过路孔。

珠溪有谢家码头，解放前谢家是这里的大户，酿造的酱油咸菜由珠溪用船运往泸州，下重庆出三峡；如今，谢家后人又事操旧业，开起了酱油厂。镇上粉蒸泥鳅好吃。

路孔

古镇有明清古街长500余米，还有赵氏宗祠、花房大院、小姐绣楼、大荣寨等等，保护比较完好，成为古镇的骨干。另外，这里石桥很多，当地人说共有10多个，可以游玩照相。其中，大荣桥长逾百米，宽近两米，卧波濑溪河，桥面用大石板铺就，据说每块重有万斤。

“路孔”据说原来叫“六孔”，说是一个和尚云游到此，得神仙点化，神仙说“路孔连体”，和尚发现六个涵洞，洞内有水与濑溪河相连，路孔、六孔谐音。后来，和尚就在这里修起寺庙，即现在河边的万灵寺。作为老镇，有不少传说，加上现代包装，有板有眼，姑妄听之。

周边

荣昌、大足肩挑成渝两大城市，交通比较发达。濑溪河上行分别是路孔、珠溪、龙水，龙水连大足，一个龙水湖一个大足石刻极其著名。龙水湖现在收门票了，但似乎并没有封闭。堤坝不远“禁止游泳”提示牌旁边可以2块钱租个游泳圈，提示牌前畅游龙水湖。

再往大点看，荣昌上高速，不回重庆而走隆昌，隆纳高速到纳溪可以走兴文石林。到泸州可以游览长江边上十里桂圆林，再有兴致可以走赤水，想回头可以走福宝古镇、自怀原始森林，从江津回重庆。不走江津可以走永川，也是一路风景。

和平

划得几浆，两岸竹林在河的上空交汇，遮住太阳。若是天暖时节，竹林中很适合帐篷吊床。

特点：

邻近主城，纯农村，红橘老死枝头，磨滩渔舟自横，消费之后“随便给点”。更有杀猪匠手段高强，行头简单有效，利落直追庖丁。

线路：

江北到江津和平磨滩河，50公里，无过路费。

巴南走綦江老路，过一品镇公路桥后，镇中岔路右转。这里直走穿镇而过不久就是桥口坝温泉区，镇中右转为一个小坡大路，两边是农贸集市，穿出集市，公路沿着溪流走，然后上山，沿山梁而行，过和平场，不久有岔路左转下坡。这里紧靠渝黔铁路，火车经过可见可闻。这个左转下坡岔路无标示，正公路有人家，问“磨滩河”即可。

关键词：

杀猪

由于路近而偏，这里生猪价格较低，且“贩子收多少钱一斤，卖给你就多少钱”。四周无规模化的养猪场，生猪皆农家零星自养。

这里最有趣的是杀猪匠，方圆十里名人，可惜笔者忘了他的人名。农家选定生猪后，当地人皆可提供他的电话，然后开车回头接他。杀猪匠夸口不要帮手不要绳索等工具，手拿一把杀猪刀一个铁钩子就上车。上车后，接过司机的烟点上，经指点放下车窗，一路探出头去，风光地向路边行人打招呼。

车到农家，他拿起锄头三五下在土坎上挖个大口，大锅支上，指导生火。作为技术人员，接下来他只是接过城里人的烟，一切动口不动手。逍遥谈天，见热水半开，他才独自走进猪圈，但见铁钩闪过，300斤的白胖家伙一声闷哼，老实地被拖出猪圈。出门几步就是田坎，富态体面的猪二八开始厉声高叫，一百个不情愿一千个不配合。杀猪匠似乎懒得和它比力气，抓钩的手翻转，同时单膝借势压在猪头上，腾出的手看似随意一刀进去，猪二八竟然没做什么挣扎，片刻血流满盆，再也不动了。

城里这群人不少是知青，见识过不少君子掩面的场面。其他杀猪都是惊天动地、众人与单猪对抗的“大场面”，而和平杀猪匠一小时单人完成杀猪、滚水去毛、游刃解构，若烹小鲜的自然从容，的确令人叹为观止。

磨滩河

这一带没什么风景，山势不高不险，田土多过森林，但磨滩河夹岸翠竹高大茂密，倒是比较幽深静谧。

磨滩河宽仅数十米，滩前有堤坝，有承包河段的农家渔船，农家难得见

有人来，可以随便划他的船。划得几浆，两岸竹林在河的上空交汇，遮住太阳。若是天暖时节，竹林中很适合帐篷吊床。由于河段承包，这里适合垂钓，堤坝边有一楼一底房子，可以加工钓起来的鱼并提供其他简易菜肴，楼上房间还可以留客。当然，也可以把杀了的猪弄到这里做刨猪汤。

这里除了生猪“贩子来收成多少，卖给你多少”，其他消费几乎都是“你看到随便给”。堤坝加工刨猪汤“随便给”，许多隆冬还挂在树上的橘子也是“随便给”。橘子多在路边和房前屋后，摘谁家的吃都不要钱，如果要多摘了称走，“随便给”们憋半天会说“一角钱一斤”。有城里人给老乡敬烟，回头说，其实一支烟就当10多斤橘子的价钱。

周边

自驾不少地方可以自我组合成游乐“串烧”，自己设计行程，本身是个乐趣。和平场游玩后，可以到桥口坝、八公里洗温泉，另外离圣灯山、云篆山也不太远。綦江老路回来，路过仙居山，对面还有个聚缘度假村，农家乐消费水平。聚缘庄主是个城里的音乐人，在度假村还搞了个演唱厅。这里往山坡下走，不远有段河沟，河上有木船，上有绳索，可以自己动手拉绳索过河……

五宝

这里似乎适合冬天来，杀猪吃刨猪汤之余，到箭沱湾转悠御临河，河滩上有一处天然的温泉，是不收费的野温泉，裸浴一番也是很惬意的。

特点：

作为江北区最东边的镇，五宝村村通水泥公路，御临河在这里汇入长江，该镇三面临江。这里的年猪节办得比较早，花样也多，比较典型。另外，箭沱湾有农民别墅，别墅不远御临河河边有天然野温泉。

线路：

渝长高速箭沱湾下道，即穿出华山隧道，过桥后指路牌指向“箭沱湾、排花洞”的站口。这里御临河一边是渝北一边是江北，江北迎面是农民别墅，渝北河边是收费景点“排花洞”。游玩五宝，如果有时间，可以另路回五里店：箭沱湾收费站边，有机耕道上山，弯弯绕绕可到龙兴古镇，适合越野车和摩托；可以在箭沱湾农民别墅游览后，走五宝镇，然后经过马井农民新村，走鱼嘴上高速。五宝走鱼嘴这段，一边是大山一边是大江，有几处可极目远眺。

关键词：

农民新村

渝黔很多地区都流传了建文帝的故事，“五宝”得名，据说也和建文帝有关。统景流下来的御临河，据说是因为建文帝逃难到此，所以叫“御临”。而五宝原名五堡，是建文帝的五个大臣为保护隐居在此的皇帝，修了五个寨子，称五堡，后来建文帝称这里为“圣地五宝”，所以又叫五宝。现在五宝御临河边石坡凿出的石梯，据说是建文帝登岸的地方。尽管各种传说不少，但一些古迹似乎算不了文物，倒是现在人搞的农民新村，很有意思。

五宝的农民新村有两处，一处是鱼嘴过来，进入五宝的公路边，长长一串，堪称“连排别墅”，另一处就在箭沱湾，不少“独栋别墅”，而且还种花养草，点缀了一些景观。这些新村房子样式进行了统一规划，有的建好后住人，有的搞起了农家乐。其中，“逸龙客栈”数年前30块钱吃三顿住一晚，而且房间干净（电话：13896929053）。近年镇里搞年猪节，对这些农家乐有所带动。

年猪节

五宝的年猪节搞得比较早，近年花样也比较多，不仅仅是杀了猪吸引城里人来吃，还进行年猪选美、土特产展示、百家饭等活动。

五宝的茶叶、白酒、挂面都不错，另外，有个养兔大户不仅养了不少兔子，而且烹调兔子的手艺也很好。

这里似乎适合冬天来，杀猪吃刨猪汤之余，到箭沱湾转悠御临河，高速公路大桥下，河滩上有一处天然的温泉，是不收费的野温泉，三五哥们傍晚下到河谷中，裸浴一番也是很惬意的。至于夏天，可以找渔人泛舟长江，江上喝酒看月，也很爽。